アズミ・ハルコは行方不明

A LONELY GIRL HAS GONE.

山内マリコ

MARIKO YAMAUCHI

幻冬舎

アズミ・ハルコは行方不明

女子でやるサッカーの試合ごめんねが飛び交うばかりで男になりたい

——平岡あみ

夜になると少女ギャング団が出るから、男性は一人歩きを控えるようにとのお達しが警察から発表されて三週間。夜明けの駐車場でまた男が一人暴行に遭い、失神した状態で見つかった。男の名前は三橋学《みつはしまなぶ》、二十一歳。全身に打撲傷を負っているものの、財布の中身が盗《と》られただけで命に別状はない。少女ギャング団は人を殺すような真似などしないのだ。

そもそも彼女たちは武器を持たない。ナイフやカッターといった固く尖《とが》ったものは男性の武器であり、彼女たちはいつだって丸腰である。しかしだからといって高を括《くく》っていると少女ギャング団はやって来て、男性だからというただそれだけの理由で、無差別的に襲ってくるのだった。

なんて恐ろしいことでしょう！

そのやり口はまさに極悪非道。被害者の証言によると、彼女たちの最大の武器は〝よく喋る口〟であるという。相手を口汚く罵倒《ばとう》しその自尊心を徹底的に傷つけながら、気が済むまで殴り続けるのだ。その運動能力はやたらに高いという噂。思春期の少女らしいパツパツの太ももから繰り出されるキックは思いのほか重く、最初に股間を一蹴りしてダメージを与えるや、草むらの陰に引きずり込んで殴る蹴るの暴行、そして最後に、信じられないほど完成度の高い飛び蹴りを決め、ノックアウトするという。

男性が女性の集団に暴行を受けるという辱《はずかし》めゆえ、被害者の多くは泣き寝入りしており、これまで少女ギャング団の存在が明らかになることはなかった。過去に警察に出された少数の被害届を見ても、「酔っ払ってケンカに巻き込まれた」的な事件にボカされていることがほとんどで、そこには少女ギャング団らしき気配は意図的に消されていた。

しかしネット上の掲示板に書き込みがされるようになると、被害申告はここぞとばかりに噴出。最早この事実は疑いようもなくなったのだった。

我々の住むこの街には、少女ギャング団がいる!!!

第1部　街はぼくらのもの

1　木南愛菜とキャバクラ時代

興味本位で働きはじめたキャバクラで、先輩たちが次々に野球選手と結婚していく。どれも二軍とか三軍とか予備とか補欠とかの、名前も聞いたことないショボい人たちだけど、それでも野球選手は野球選手、少年たちがあこがれる職業の最高峰だ。

木南愛菜《きなみあいな》はキャバクラ《摩天楼》の中で、もっとも人気のないキャバ嬢だった。背も低くて胸もなくて、おまけに髪型は金髪に染めたショートカット。「お前みたいな女には発情できねえ！」と、酔ったオヤジに罵声を浴びせられたことも一度や二度じゃなかった。

キャバで人気のある先輩たちは、中学のころからクラスでいちばん発育のいいお姉さんタイプが多い。顔は化粧でカバーすればみんなだいたい横一線だから、とにかくスタイルがエロいってとこがポイントだ。性格も、男勝りで口が達者なのがモテる。お客はみんな家では奥さんに正反対のものを要求しているから、その反動でここには奥さん的な要素とかけ離れたものが求められるのだった。中学高校でクラスのカーストトップだったような、気が強くて押しが強くて、ついでに背も高くて胸もあって美人という選ばれし者たちが、卒業後は地元の歓楽街で働くようになり、運が良ければ地方遠征にやって来た野球選手に見初《みそ》められて、二十四歳くらいで連れ去られるように店を辞めていく。

源氏名エレナこと今井さんもそんなふうにして、店を去って行った一人だ。今井さんはなんとあの『小悪魔ａｇｅｈａ』の編集長から直々《じきじき》に、読者モデルにスカウトされたという伝説の持ち主でもある。

ぷるぷると揺れる丸い胸、カーヴを描く腰のくびれ、常にＳ字にキープされた背中、肩甲骨や鎖骨、肩の骨のラインの美しさ。ロッカールームで着替え中の今井さんと鉢合わせすると、直視できないくらい色っぽい体に、愛菜はドギマギと目を伏せたものだ。どうやったらあんなにお腹《なか》がぺたんこになるんだろう。お尻がキュッと上向きに締まるんだろう。チラチラ盗み見るようにして着替えていると、今井さんはその日愛菜に、めずらしく話しかけてきた。

「愛菜って、どっちかっていうとガールズバーでウケるタイプだよね」

今井さんはキャバの慣例に反して、愛菜を源氏名の胡桃《くるみ》ではなく、なぜか本名で呼ぶ。だから愛菜も彼女のことを、仕事中以外は本名で呼ぶようにしていた。

「ガールズバーっすか？」

当時はまだこの街に、ガールズバーなんてものは入ってきてなかったから、それがどういう形態の店なのか、愛菜にはさっぱり想像がつかなかった。そういう最先端なものが会話のあちこちにちりばめられているところも、今井さんをどこか別格たらしめている。今井さんはドレスに着替えるとスツールに腰をおろし足を組んで、金色のガスライターでしゅぽっとセーラムに火を点《つ》けた。

「愛菜、私服は超オシャレだし、可愛《かわい》いし。……でも、キャバ系のドレスはあんまりだよね」

「死ぬほど似合わないんですよぉ～」

愛菜は困ったように笑う。この店での愛菜は年下の道化キャラだから、自分を卑下したり自虐したりはお手のものだった。もちろんあとで、ちょっと死にたくなるけど。

「むしろなんでキャバで働こうって思った？」

「えー、別に。なんとなくです」

正確には、友達に誘われて一日体験入店に行き、そのまま翌日からフルで働きはじめたのだった。体験入店のときはみんなからちやほやされて楽しかったし、十八歳ってだけで優越感に浸れたから居心地もよかった。でもすぐに飽きられて、最近じゃすっかりお笑い担当って感じ。客も愛菜のキャラを把握すると、「こいつにはなにしてもいい」と踏んだのか態度も横柄になって、おいブス！　この貧乳！　と笑って言うようになった。

「愛菜、美容師とかなればいいのに。その髪型も、キャバのドレスには合わないけど、私服だとすごい可愛いし、愛菜に超似合ってるし」

「あ、実はこれ、自分で切ってるんです」

「はっ⁉　えっ⁉　マジで⁉」

「ハイ。自分で切って、市販のブリーチで脱色して」

「スゴいじゃん！　やっぱ向いてると思う！　美容師になんなよ！」

「えーでも美容師って、資格取るの大変じゃないですか。見習いのときはシャンプーばっかとか、そういうの愛菜耐えられないんですよね。もっと楽して生きていきたいっていうか」

「あー、それはあたしもだな。あたしも楽して生きていきたい」

今井さんはセーラムを指に挟んだままスツールから立ち上がると、

「あたしね、実は結婚するんだ」と言った。

そのときはまだ今井さん入籍&引退のニュースは、誰の耳にも入っていなかった。今井さんを贔屓《ひいき》にしている野球選手がいて、今井さんがその人の地方妻だってことはみんな知っていたけど。今井さんが結婚すると聞いて、愛菜はお祝いの言葉も言えず、

「えっ、マジですか？　じゃあ店も辞めるんですか？」

見捨てられた子犬のような目で、すがるように訊《き》いた。

「もちろん。キャバはもういいよ。あたし今年で二十五だし」

今井さんは背中ががっつり開いたドレスのまま、両手をうーんと高く上げて、大きな伸びをした。愛菜の目は思わず脇の下に吸い寄せられる。今井さんの脇は、ファンデーションでも塗られているんじゃないかってくらい、きれいに脱毛されてつるつるだった。

「えー。今井さんが辞めるなら、愛菜も辞めよっかな」

今井さんはその言葉に、ガハハハッと豪快に笑う。

「実はね、子供できたんだ」

「えー!!!　おめでとうございます！　赤ちゃんいいなぁ～！　超素敵です！」

「ふふ、ありがと。ねえそれより愛菜、ネイリストとかはどお?」

「ネイリストっすか? あ〜、それいいかもですね」

「やっぱ手に職だよ、これからは」と今井さん。

「手に職っすか」

「そ。キャバ嬢なんて二十五歳で定年みたいなもんなんだから、早めにセカンドライフのこと考えなきゃ。愛菜はオシャレさんだから、絶対美容系がいいって。なんだかんだ食いっぱぐれないし。美容師が嫌なら、やっぱネイリストとかじゃない?」

今井さんは煙草をくしゅっともみ消すと、

「ちゃんと考えなね」

と親のように言った。

「はあ〜い」

愛菜は今井さんの言葉が響いているのかいないのか、よくわからない浮ついた表情である。

今井さんとこんなに口きいてもらえるなんて今日は超ラッキーだな。と、そのとき愛菜は、ただただ舞い上がっていた。

§

今井さんが店を辞めた二年後、愛菜は中学の学区ごとに開かれる成人式の立食パーティーに参加していた。三流ホテルの宴会場に知った顔が目一杯盛装してやって来て、あちこちで再会劇を繰り広げている。

「あ〜愛菜じゃん！」

ザ・成人式といった華やかな振り袖にミンクのストールを巻いた女子二人が愛菜に駆け寄る。

「お〜久しぶりぃ」

愛菜は朱色に菊模様の渋い晴れ着を着て、頭には黒いボブのウィッグに白椿の花飾り、そして真っ赤な口紅を引いていた。今井さんに指摘されたとおり、愛菜のファッションセンスはとてもキャバクラに勤めていたとは思えないほどズレていて、再会した同級生にも「もっと花魁《おいらん》みたいな派手な振り袖着ればいいのにぃ～」と突っ込まれた。愛菜は結局どうしてもあの、巻き髪をうず高く結い上げるケバいヘアーアレンジに迎合できないまま店を辞めていた。

「ねえ、愛菜っていまネイリスト目指してるんだよね？」

愛菜のミクシィの紹介文は「キャバ嬢です！」から「ネイリスト目指して修業中！」にさっそく書き換えられていた。同級生たちは目ざとく情報をチェックしていて、「店出したら絶対通うから！　安くしてね！」なんて抜け目なく言う。みんなけたたましく喋りまくり、この再会を機にこれからはもっと頻繁に集まろうとか、今年の夏はみんなでバーベキュー行こうとか、そんな絵に描いた餅みたいな計画でわいわいと盛り上がった。そしてちょうどそこに通りかかった富樫《とがし》ユキオが、巻き込まれ事故みたいに女子の会話に引っ張り込まれた。

「ユキオぉぉぉぉ～!!!」

女子だけだった輪の中にユキオが登場するや、場の空気は一気に浮つき、みんなの表情が一層華やいだ。

ユキオは母と祖母と姉に囲まれて育ったせいか、女子に対して冷たくもなく過度に気を遣うでもないから、あらゆる女子から「アタシの男友達」と目されて昔から人気があった。女子だけでつるみたいときもあれば、男が一人くらいいた方が風通しがいいってときもある。男はオレ一人だけ？　という状況にも動じないユキオは、重宝される存在だった。

富樫ユキオはスーツを学ランと同じくらいカジュアルに着崩して、さっき起きましたとでもいうような白い顔をしている。愛菜を含む三人の女子が、ユキオを孫でも愛《め》でるような眩《まぶ》しげな目で見つめながら、あれこれと矢継ぎ早に質問を繰り出した。

「あれ、ユキオって名古屋行ったんじゃなかった？」

「昨日帰ってきた」

「えっ、ユキオって名古屋にいるの？　あたしの知ってる先輩も結婚して名古屋に行ったんだけど！」という愛菜の言葉に、

「知らねえし！」

ユキオは笑って容赦なく突っ込み、みんながわっと沸く。

「え〜名古屋なんてやめて地元帰っておいでよ。ユキオがいないなんてさびしい」

「そうだよ〜もっとうちらと遊んでよ」

「お前ら彼氏おるだろ」

「え〜いるけどさぁ〜」きゃっきゃ。

ユキオが手に持っていた成人式のプログラムを、愛菜がさっと奪った。式次第の書かれたページをめくると、出席者名簿が載っている。

「結構みんな来てるんだね」と愛菜。

「ああ、ダイスケたちも来てたな。ほとんどいるんじゃね？」

「そりゃそうだよね。成人式来ないなんてありえなくない？」

「やっべ、オレけっこう来るの迷ったんだけど。面倒《めんど》いから」

「来てよかったよユキオぉ〜」

「あ、三橋学はさすがに来てないのかなぁ？」

愛菜が名簿を見ながら言った。

「三橋って？」とユキオ。

「ほら、中一のときに速攻学校来なくなった男子。三橋学。あたし小学校も一緒だったからけっこう知ってる」愛菜は名簿に目を落としながらこたえる。

「ていうかユキオも同じ小学校だったじゃん!!」

「クラス違ったから」

「中一のときは同じだったでしょ⁉」

「えー憶えてねーわ」

「ひっどーい！」

女子三人はケタケタ笑ってユキオをなじった。


自分が女子の俎上《そじょう》に載せられているとも知らず、二十歳になった三橋学は、成人式を専門学校の同級生たちと、郊外のバーミヤンで迎えていた。誰も盛装はしておらず、まるで塾帰りの高校生が憩っているような平常テンションである。学はブロックチェックのネルシャツの上に母親が買ってきたアランニットを着て、ほかの二人も似たようなファッションと背格好、全員が浮かない顔で背中を丸め——といってもどこか自己充足を感じさせる佇《たたず》まいで、心地よい負のオーラを放っていた。

「さぁてどうしますかねえ」

髪を短く刈り込んだ小林が、いかにもやる気なさげに言った。

「オレ、やっぱ東京行こうかな」

赤いニキビを顔中にこしらえた矢田がぼそっとつぶやく。

「東京行ってどうすんの？」

「アニメーターになる」

「おおぉー」

二人は矢田のカッコいい発言を、囃《はや》すようにどよめきの声を上げた。

「矢田くん、絵、上手《うま》いもんな」

学の言葉には、ほのかな羨望が混じっている。

絵が上手いことも、アニメーターになりたいという明確な夢があることも、どっちも学にとってはうらやましいことだった。

三橋学は義務教育を不登校で終えたあと、定時制の高校に通い、卒業後は専門学校に進んでいた。本来だったら四年かけて卒業する定時制高校の夜間コースだが、学は長期休暇返上で三年間で卒業している。中学でのつまずきからの見事な巻き返し。というのも、学は不登校として家の中で腫れ物扱いの日々を送る間ずっと、「オレがダメなのはいまだけ、オレがダメなのはいまだけ」と、マントラを唱《とな》えるように自分に言い聞かせてきた。ネットには不登校から引きこもりコースを歩んだ先人たちが、現実社会で力を発揮する場を見つけられないままたむろしていて、その様子が知らず知らずのうちに学の反面教師になったのかもしれない。学区の外にある学習塾に通ってみたり、進研ゼミ中学講座と週一回家庭教師のトライでどうにか授業を追いかけつつ、学はじわじわと不登校三年分の痛手《いたで》を克服していった。

入学した定時制高校には、人の世話を焼いたり人の役に立つことに無上の喜びを感じるような、Mっ気のある教師が多かった。心に傷を抱えた子供を放っておけないとばかり、相談されることがなにより好きな人々。きっと全員、山田洋次の映画『学校』を観て「これだ！」と思ったんだろう。この人は生徒に迷惑をかけられてないと死ぬんじゃないか？　と思うような変な教師もちらほらいた。学の進路指導をしたのもそういうタイプの先生だった。よりやりがいのある仕事を求めていくうちにここに辿《たど》り着きましたとでも言わんばかりに漲《みなぎ》るやる気。学が「美術系の専門学校に行きたい」と言うと、日本中の美術系専門学校のパンフレットをどっさりかき集めてきてくれた。検索すればすぐ出るのに、紙のムダ！　と学は思っていたけど。

地元に志望しているような専門学校がないことがわかると、学はあっさり美術の道を諦めて進路を変えたので、先生の努力はまるで報われなかった。それで結局、とりあえず英語というわけで、なにをしたいのかわからない迷子たちのモラトリアム施設のようなこの外国語専門学校に決めたのだった。

でもそこも今年の三月で卒業だ。中学時代を底に、着実に右肩上がりだった学の人生だが、肝心の〝その後〟だけは勘定に入っていなかった。その後……つまり学校を出たあとどうすればいいかなんてことは、学の想像力の範疇《はんちゅう》外にあった。おそらく実例がネットにあまり転がっていないせいだろうと学は思う。引きこもりがライフスタイルになる前に足を洗わねばと考えて軌道修正するだけの要領の良さはあっても、なにをして稼ぎどう生きるかまでは頭が回らなかった。学は永久に年を取らない気がしている若者の一人であり、地元の堅実な中小企業に就職という、身の丈をわきまえたチョイスができるほど、まだ自分に対して諦めがついていない。

学と同じように身の振り方を決めていない小林と矢田が集まって、埒《らち》のあかない会話で三時間ほど時間を潰したところ。しとしと冷たい小雨が降り、外はもう暮れかかって、バーミヤンの窓ガラスには青春を持て余した自分たちの姿がくっきりと映り込んでいる。

「でも無理かもなぁー東京。親、金出してくんないから。そこを突破してまで行こうとは思わないんだよね」

「あーわかるわぁ」と学。「なんかね。そこまでもないんだよね」とつづけると、小林も矢田も無言で小刻みにうなずいた。

「オレはあれだな、やっぱ介護だな」と小林。「介護なら絶対食いっぱぐれないらしいし」

「でも薄給じゃない？」矢田が言うと、

「それはアニメーターも同じだろが」

小林は太い声でのほほんと笑う。

「介護の資格ってどうやって取るの？　また専門に入り直すってこと？」

「知らん、まだ調べてない」小林は、やはりのんん気に、焦りもない様子で言い、「ユーキャンで取れるっしょ？」と軽く流す。それから「お前は？　これからどうすんの？」と、学に水を向けた。

「ノープラン」

三橋学は無の顔でこたえる。学はいつも、だいたいそうだった。目が合った相手をうっすら傷つけるような無表情か、腹痛を我慢しているような顔か。いずれにせよ溌剌《はつらつ》とした笑顔とは無縁。

テーブルに置いた学のｉＰｈｏｎｅが振動する。ロックを解除して見ていると、「誰？」と矢田がたずねた。

「Facebookから」

「え、お前Facebookなんかやってた？」と小林。

「一応アカウントだけ持ってる。愛菜さんから友達リクエスト、だって」

「アイナって誰!?」

小林と矢田は、いかにも女子っぽい名前に色めき立った。

「知らんよ。絶対なんか裏あるでしょコレ」

「あー、たしかにFacebookもう全然見てない」と矢田。

「やっぱなんだかんだミクシィが落ち着くわ」

小林が、肩の力が抜けたような笑顔を浮かべる。

「ミクシィには女子いっぱいいるしね」

という矢田の横やりに、

「そうそう」小林はでれっと鼻の下を伸ばした。

「いまのでリクエスト送れたかなぁ」

愛菜は首を傾《かし》げながら言って、着物と帯の隙間《すきま》にスマホをすべらせて仕舞い、「ま、いいや」とひとりごちた。

立食パーティーが終了時間になるころ、さっきまでいた女子は別の男子グループの元へ消え、愛菜は会場にぽつんと取り残されてしまった。ユキオは愛菜に「二次会行く？」と訊かれても、素っ気なく「決めてない」と受け流しながら、誰かおもしろい奴はいないかときょろきょろしている。愛菜は構ってほしそうに、自分の方をまるで気にも留めないユキオを、上目遣いでじっと見つめた。

「ユキオってさぁ、名古屋でなにしてんの？」

「大学行ってる」

「え!?　そうなの!?　知らなかった。そっかぁ、ユキオ、頭良かったもんね」

「全然良くないし。あと、もうやめるかも」

「なにを？」

「大学」

「えっ、そうなんだ。やめてなにすんの？」

愛菜は次から次へと質問ばかり。ユキオはあからさまにイラついて、「知らん」と吐き捨てる。

ユキオは名古屋の工業大で建築デザインを専攻していたが、現時点で留年はほぼ確定していた。退学して来月にでもこっちへ戻ってこようとしているから、人脈再生と思ってわざわざこんな式に顔を出したところもあったが、久々に同級生の顔ぶれを眺めたら、なんだか旧交を温める気も失《う》せた。別に懐かしくもなんともない。あーはいはいって感じ。

「愛菜はいまプーなんだけどぉ」

「ふぅーん」

「でもね、ネイリスト目指してるの」

「へぇ」

流行《はや》りの仕事に飛びついて、簡単でいいな、とユキオは思う。それでいいんだ。そんなんでいいんだ。

冷たい目で愛菜を見下ろすと、つむじのあたりの違和感が目に留まった。

「え、これヅラ？」

「そうそう、ヅラだよ。あたしほんとはショートだもん、金髪のね」

「ヅラかよ」

「ウィッグって言って」

愛菜はうれしそうに甘えた声を出す。

「なあ、二次会ってタダ？」

「なわけないじゃん。女子は三千円で、男子は四千円だって」

「ハァ？　なんでそんなに値段に差があんの？　差別やん」

「差別って……」愛菜は困り顔で笑い、「男子の方がよく飲むし食べるからでしょ？」と遠慮がちに付け足した。

「無理無理無理。高けえ！　そんなん払えん。つーか払いたくない。オレ帰るわ」

「えー……」愛菜はつまらなそうに唇を尖らせ、「あたし行きたい」と小さく付け加える。

「じゃあ一人で行けば」

「えー……それはちょっと」

「あ、てゆうかお前、もしかして車で来てる？」

「うん」

「じゃあ乗せてってよ。オレ、足ないんだ」

「そうなの？　え、車がないってこと？　免許がないってこと？」

「免許がない」

「マジで⁉　それヤバいね」

「うるさいわ」

木南愛菜は会場になっているホテルの中の美容院で貸衣装を脱ぎ、ウィッグを外し、こざっぱりしたカジュアルな格好でロビーに降り立った。カラーコンタクトで大きくした瞳と過剰なアイメイクはそのままだが、ふわりと風を含んだ軽やかな金髪のショートヘアーのせいで、さっきとはほとんど別人だ。ユキオは「誰？」とふざけて言いながら、外の駐車場へ向かう。

愛菜の運転する黒いトヨタ・パッソの助手席に乗って、ユキオは国道の景色を眺めた。六時を過ぎると道は混み合って、雨のせいで見通しも悪い。タールを流し込んだようにてらてらとぬめりを帯びて光るアスファルトに、ヘッドライトが鋭く反射する。道の両脇には大型店舗が連なる。相変わらずの、お馴染みの景色。

ユキオが物心つくころには、この景色はもういまの形に完成していた。大型の家電量販店の真向かいに、別の家電量販店がケンカ腰で新規オープン、という小さな変化が時折あるだけで。より遠くのドライバーにも見えるようにと、派手さを追求した看板はなにかのモニュメントのようにデカい。生活に必要なものがくまなく揃う、モータリゼーション版ぼくらの商店街。ユキオはここに戻ってきたら、同級生とばっかつるんで、パチンコ屋に入り浸るであろう自分を想像して、さっそく気が滅入った。

同級生はみんなここが好きだ。地元サイコーと恥も外聞もなく言い合って、ネットもせず、実家暮らしに満ち足りている。車選びで個性を表現、休日はショッピングモールに集合。そんで時間が空いたらなにしていいかわかんなくてパチンコ。一人暮らしの名古屋でふらりとパチンコ屋に入るのと、地元でゾンビみたいにパチンコ屋に通うのとでは意味が全然違うんだよ、とユキオは思う。

国道と県道が交差する込み入った住宅地にユキオの実家はあった。用水路を道なりに進んだ先、極小サイズの交番の脇に突き立つすっかり剝げた案内板によると、十棟の団地が二列に、A~Jのアルファベットをふられて建っている。いちばん奥のE棟五階に、ユキオの母親と祖母はいまも住んでいた。姉は結婚して、すでに県外へ出ている。

小学生のころは活気に溢れた団地だったが、すっかり老朽化し、白かった外壁は一度も塗り直されることなく鼠色《ねずみいろ》に変色している。なぜ建てたあと補修しない？　一応建築を学んでいるユキオは、近い将来「老朽化」の烙印のもとに住人たちが追い出されるであろう荒廃しゆく団地を見るたび、この国のあまりにも即物的な浅い思考と人々の無能さを嘆かずにはいられなかった。団地の補修と国にどういう因果関係があるかはさておき。

外壁に吹きつけられたモルタルはケロイドのようにぶくぶくと不吉に隆起したり、剝がれ落ちたりしている。暗闇にのっそりとそびえるその威容に、怖い怖いと愛菜はしきりに怯え、「お前それ失礼だぞ」とユキオはフラットな声でたしなめた。

たしかに空室も多く、人の気配が希薄でしんとしている。かつてこの団地にたくさんいた同級生たちはみんな郊外の新興住宅地に越していって、ここに住みつづけていること自体がなんとなく後ろめたい、そんな場所に成り果てている。

ユキオは愛菜の車から降りた。連絡先を交換し合うと、

「こっち戻ってきたらちゃんと連絡してね」

パワーウィンドウの窓を下ろし、愛菜が声をかける。

「おう」

「絶対ね。あたし友達に飢えてるから」

「マジで？」

「マジで。超飢えてる。だからヨロシクね。こっち戻ってきたら」愛菜は念を押した。

ユキオの目に愛菜は、地元に残ってる奴特有の、満たされた人間に見えた。親に新車を買ってもらい、自由を手にした幸福そうな奴に見えた。自己完結した小さな世界にうまく馴染み、地元への帰属意識に裏打ちされた自信を滲《にじ》ませる。そんでなにかというと友達の話――。名古屋の大学に行って以来、ユキオにとってこれが二度目の帰郷だった。最初の帰郷は大学に入学してすぐのゴールデンウィーク。地元を離れたものの地元の仲間との縁が切れるのが嫌で、ＳＮＳでしきりに帰省をアピールし、同級生と会う約束を取り交わした。連日郊外のファミレス

に集い、深夜までぐずぐずとダべった。そのときにユキオは気づいたのだ。つまんねえって。もう賞味期限が切れている人間関係にしがみつこうとしている自分がみっともなくて嫌だった。それっきり地元には帰っていなかった。

「お前友達いっぱいいそうなのにな」

ユキオの言葉に愛菜は、芝居がかって肩をすくめた。

「疲れるもん。友達キープすんのって。彼氏の方がラク」

「へぇーそんなもんか」

「でもいま彼氏いないし！　だからよろしく！」

その元気いっぱいの言い方は、前向きで明るい女の子を演じているようで、どこか上滑りで、なんだかすごく、嘘くさいとユキオは思った。

2　富樫ユキオと名古屋時代

　三月のある日、ユキオは宣言どおり名古屋の大学を中退し地元に戻った。

〈ただいまー。大学やめた〉というメールを木南愛菜に入れると即レスで、

〈おかえりなさい！　待ってたよォ〜〉

　という、絵文字たっぷりの暑苦しいメールが返ってきた。ユキオがのろのろとそのメールに返事を書こうとしていると、愛菜から立て続けにメールが入る。

〈愛菜はいま駅ビルのアクセショップで働いてるんだ。あ、ネイリストの資格はちゃんと取ったよ!!!　試験めっちゃオニだった（笑）！　でも職探しで心折れた⤵　アクセショップの仕事は八時半には終わるから、そのあとごはん行くとか超歓迎だよ！　どこでも迎えに行くから気軽にメールしてね〜☆〉

「…………」

自分の便利さを強調して安く売り込むなんて、まるでデリヘルのチラシだな、とユキオは思う。

〈じゃあ今日。いまからは？〉

愛菜の車で団地に迎えに来てもらうと、郊外のシダックスへ行きフリータイムで朝まで過ごした。ユキオは中学のころ全盛期だったオレンジレンジを、愛菜は嵐の曲を手当たり次第入れ、あとはウケ狙いの曲を少々。わたしのお墓の前で〜とか、粉雪とか。それからなんといっても修二と彰。『青春アミーゴ』はクラス中で流行って、ユキオもわざとイケメンと名高い同級生と絡んだりしたものだ。その方が女子にウケるから。女子が背格好の似た相手を友達に選ぶように、ユキオも外見のレベルが同じくらいの奴と意図的につるんだ。クラス替えのたびに相方は入れ替わり、全員いまではほとんど音信不通だけど。

愛菜は少女時代の『Genie』を入れると、テーブルを脇へ寄せてマイクを持たずにユキオの正面にスタンバイし、曲に合わせて突如踊り出した。

「え？」

ユキオは半笑いで引き気味に眺めているが、愛菜は真顔で淡々と、職人のように——ＳＰＥ

ＥＤの上原多香子みたいに――ダンサーに徹している。

「〝踊ってみた〟ってやつ？」

愛菜は澄まし顔でひょい、ひょいと、脚を掬《すく》うように交差させる。

「違う違う。先輩が結婚するとき、みんなで踊ったの」

「へぇ。先輩っていつの？」

「キャバクラ時代の先輩」

「え、お前キャバ嬢だったの？」

「うん！」

愛菜は自信たっぷりにこたえる。キャバクラという女の戦場に勤めていたことは、愛菜にとってちょっとした誇りなのだった。

伝説の先輩、今井さんが野球選手とデキ婚して店を辞めるとき、店の中でささやかな送別会をした。みんなの感謝の気持ちを今井さんに伝えようと、愛菜が中心となって企画したのだった。

「すっごくいい会だったんだ」

「ふぅーん」

「その先輩だよ、結婚して名古屋行ったのって」

「へー」

ユキオは興味なさげに流すと、ビールだのたこ焼きだのを内線で注文し出した。果てしなくつづくフリータイム。ソファに座る二人の距離が、少しずつ近くなる。お互いが放っている微量のエロい気分が空気感染し合い、ゴーサインになって、よーいドンと誰かに背中を押されたようにキスがはじまった。子供同士のようなふざけたキスからはじまり、やがてべちゃべちゃと唾液が絡み合う。愛菜が飲んでいた甘ったるい酎ハイの糖分がユキオの舌をねっとり湿らせた。お互いの髪を指で梳《す》く。二人とも同じくらいの長さだ。愛菜の髪はブリーチ剤でかなり傷んでいる。ユキオの髪はコシがあって太い。

夜通し遊んだシダックスを出ると、車を走らせてラブホテルにしけ込み、ちぐはぐなセックスをした。愛菜は朝九時を回るとシャワーを浴びて、このままバイトに行くと言う。ユキオを団地に送り届けたあと、おそらく信号待ちかなにかのときに手早く打ったメールがすぐに届いた。ユキオはそのメールを、布団で横になりながら開いた。

〈エッチしたけどあんま気まずくなんないで、また気軽に絡んでよね☆〉

その一文にユキオは眉をひそめた。まるで風俗嬢が、「お金はいらないから」と言ってきたような罪悪感と嫌悪感。なんだこの、湧き上がる不快な気持ちは。

この女、なんて気の毒なんだ、という気持ちは、ユキオにとってあまりにも重い。

ユキオは無表情で親指を動かす。メールはゴミ箱にひゅーっと吸い込まれて消えた。

面倒くさい女だったらヤだな、とどこかで警戒しつつも、ほかに選択肢もないから、ユキオはこのところずっと愛菜と遊んでいる。会えば必ずセックスになった。ホテルでするとき、愛菜はユキオが引くほどデカい喘《あえ》ぎ声を上げるものの、あそこは大げさな声ほどは濡れていなかった。濡れてないから生でやってるのに滑りの悪いゴムをつけてるような感じ。それでも愛菜は気持ちよさげな声を出すし、爪の伸びた汚い指を膣の中に突っ込んでかき回しても、うれしそうに身をよじって悶《もだ》えた。ホテル代を惜しんで団地の自室でやるようになると、愛菜は一転、ラブドールのように無反応になった。騎乗位のとき以外は自分から一ミリも動こうとしない。

ユキオはすぐにセックスに飽きた。どう考えてもオナニーの方が楽しい。

なのにセックスをしないと愛菜は不満そうな空気を出してくるのでユキオは参る。「お前わけわからん」と呆れるが、愛菜はそれを「ミステリアス」と褒められていると受け取って、機嫌がコロッと良くなったりする。「情緒不安定」「メンヘラ」とユキオが診断すると、「違うもん」と言いつつ、愛菜はとろけるような笑顔でユキオの腕に腕を絡ませた。一日働いたあとに徹夜で遊ぶ愛菜は、「眠い〜」とごねつつ、「じゃあ帰るか」とユキオが言えばあからさまにむくれた。愛菜は感情がダダ漏れで収拾がつかない、ユキオの目から見ても疲れる生き物だった。本人もさぞかし自分に疲れていることだろう。


四月の終わりのある日。ユキオが欲しいＤＶＤがあると言うと、

「じゃあ誕生日プレゼントってことで買ったげる」

愛菜はまるで使命を与えられた家来のように意気揚々と、ユキオを乗せてショッピングモールの中の新星堂に行った。

ユキオは店内を物色し、「これこれ」とＤＶＤを棚から取り出す。白いパッケージには真っ赤なスプレーで壁に落書きするように、タイトルが書かれてあった。

『イグジット・スルー・ザ・ギフトショップ』

世界的に有名な覆面アーティスト、バンクシーによるドキュメンタリー映画だ。

「え、これ五千円もすんの⁉」

新星堂の店内で声を張り上げる愛菜に、

「え、じゃあ別にいいよ」

ユキオは冷たく言って、愛菜の手からＤＶＤを奪い棚に戻した。

「えぇー買うよぉー買う買う。だってこれ欲しいんでしょ？」

愛菜は追いすがるように言い、ＤＶＤを持って一人でレジへ行った。

ユキオが手持ち無沙汰に棚を往来しているとき、長らくのご愛顧どうのこうのという、閉店のお知らせを見つけた。七月いっぱいで店を閉め、新星堂は県から全面撤退するらしい。そりゃそうだろうなとユキオは思った。ＣＤなんて、お金を出して買ったことはほとんどない。

ユキオは『イグジット・スルー・ザ・ギフトショップ』を、名古屋にいるときに一度観ていた。バイト先の先輩が「ヤバいから観た方がいい」と言って薦めてきたのだ。ユキオは映画館に映画をわざわざ観に行く意味なんてわからなかった。ちょっと待てばすぐＤＶＤになってツタヤに並ぶのに。だからパルコの上にあるセンチュリーシネマに行ったのは、それが最初で最後だ。

映画を薦めてきた先輩はヒップホップをやっていて、ユキオもライブにときどき呼ばれた。コワモテだしタフなキャラだし、誘われれば絶対に断れない空気があった。先輩は蟻地獄かなにかのように、知り合った男たちを次々ヒップホップにハマらせてきた実績の持ち主で、ユキオも最初はカッコいい人と知り合いになれたと喜び、夢中になり、あこがれの目で見ていたものの、半年後にターンテーブルをバカ高い値段で買わされたときに目が覚めた（「ユキオもDJやれよ」「お前カッコいいからブース映えするよ」「そのターンテーブル持ってっていいぞ」）。

脱法ハーブを吸う器具がこれ見よがしに転がっている先輩の部屋。マットレスベッドと黒光りした大画面薄型テレビ、床に置かれたターンテーブル、ひとつかみほどのレコードが壁に立てかけられ、あとは趣味の定まらない本や雑誌が数冊。先輩の紹介で知り合った男たちは、みんな似たような部屋に住んでいた。マットレスベッドと大画面薄型テレビとターンテーブル。マットレスベッドと大画面薄型テレビとターンテーブル……彼らとのつながりは最初こそユキオの居場所となったが、その濃厚な人間関係はすぐにしがらみに変わった。ユキオはこれでも一応国立の工業大に通っていて、キャンパスではニューエラキャップをかぶるギャングスタ気取りのラップクラスタはどことなく嘲笑の対象だった。だから先輩にあこがれつつも、カリスマぶった振る舞いで仲間を従える裸の王様に見えるときもあった。

それでも彼は惜しみなくいろんな「ヤバいもの」を教えてくれた（そうやって教えることで、無知な人間を魅了し虜《とりこ》にさせるのが先輩の手なのだ）。一般のレコードショップでは流通していない、本物の音とリアルな詩《リリック》を聴かせるヒップホップの世界、男同士の熱い友情。……熱いじゃなくて、それは速いのだとユキオは思う。知り合った翌日には「オレのツレ」と称され、別の「ヤバい人」に紹介されるスピーディーな展開。半年の間、人脈は果てしなく広がり関係性は止めどなくもつれた。一緒にライブに出ようと持ちかけられたこともあったが、自分の中からリリックなんてなに一つ湧き出てこなかった。国語が苦手だから韻も踏めない。少しずつ少しずつ、なにもかもが面倒くさくなっていく。ユキオは退学によってあのコミュニティからうまくフェードアウトできて、内心ほっとしていた。オレはあの場所にいる自分が好きじゃなかったんだ。ターンテーブルには一度も針を落としていない。

ユキオは新星堂の店内で、ラミネート加工された『イグジット・スルー・ザ・ギフトショップ』のポップを眺めながら、はじめてそのドキュメンタリーを観たときの感動を思い出していた。ヒップホップの世界には馴染めなかったものの――先輩から薦められたミュージシャンのアルバムを聴いても、正直心はまるで動かされなかった。自分の感性が終わってるようで、認めたくなかったけれど――でも『イグジット・スルー・ザ・ギフトショップ』だけは、本気でヤバいと思えた。魂が揺さぶられるというのはこういうことなのか。「ドラッグをやってるのと同じような興奮」と先輩が言っていたのはこれか。その興奮を味わえたことがうれしかった。

自分が欠陥人間じゃないとちゃんと立証できたような気がして。

『イグジット・スルー・ザ・ギフトショップ』は、リチャード・ハーレイの「街は僕らのものだ」という歌ではじまる。

感じるだろう?
わき上がる思い
恐れずに
自分を信じろ
君は自由だ

さあ踏み出そう
今夜
街は僕らのものだ
今夜
街は僕らのものだ

心の光は
ウソをつかない
あの人たちには
わからない
テレビは
僕らの目を曇らせる
ごまかされるな
さあ踏み出そう

今夜
街は僕らのものだ
街の光は僕らのものだ
今夜
街は僕らのものだ
心の光はウソをつかない

真夜中、パーカのフードをかぶったやんちゃなグラフィティアーティストたちが、街中を跋《ばっ》扈《こ》し、落書きして回る。店のシャッター、空いた広告スペース、ビルの屋上、地面のアスファルト、標識の裏、電車の車体、地下鉄のタイル壁、鉄橋の横腹、壁という壁。ときに警察に追いかけられながら、彼らはとても楽しそうに、遊ぶように落書きする。

ユキオはそのオープニングタイトルを観ながら、興奮が体中を駆け巡り、総毛立つのを感じた。どれだけ「ヤバい」ヒップホップにもさほど反応しなかったユキオの心が激しく波打ち、叫び出したい衝動に駆られた。それはユキオの中の「なにかやりてえ」という創造性を大いに刺激した。

なにかやりてえ。

なにか面白いことがやりてえ。

ヒップホップじゃないなにか。

ああいう、面倒くさい人脈を必要としないなにか。

鑑賞後はむくむくと妙な力が湧いて、街中の壁という壁に落書きしたくなったものだ。けれどそういうエネルギーはなぜか長続きしなかった。名古屋に来て以来、なにかをやりたいという気持ちは空回りするばかりで、形になることはなかった。ヒップホップの世界からは脱落したし、授業で使ったデジタル一眼レフカメラに魅力を感じたこともあったけれど、福山雅治だって写真家を名乗る時代、女子でさえデジタル一眼を持って雰囲気優先の写真を撮って悦に入っていると思うと速攻で萎えた。

なにかしたいという気持ちだけが澱《おり》のようにユキオの中に沈殿していった。ちょっとでも揺さぶられると、その澱がスノードームのようにユキオの中に一気に舞い、なにかやりたいという苦しいような欲求で一面が濁るのだった。でもただの一度も、実を結んだことはない。なぜかユキオの創造性は、都市の中では――たとえそれが名古屋のような中規模の都会でも――いつの間にか根こそぎスポイルされてしまった。そこでは高校生までの自分にたしかにあった可能性のようなものが、日に日にすり減っていくような気がした。これ以上ここにいたら、自分が凡人であることを突き付けられるだけ――それが名古屋から地元に戻ってきた、二つ目の理由。

レジに消えた愛菜がいつまでも戻ってこないので、首を伸ばして様子をうかがうと、店員の男と親しげに話しているのが目に入った。別に愛菜のことを好きとは思っていないが、ほかの男に愛想を振りまいているのを見るとイラッときた。ユキオの面相がキッと切り替わる。メスザルを奪われたボスザルの顔。

ユキオは怒りを纏《まと》って愛菜に近づき、

「お前なにやってんの」

ドスの利いた低い声で言った。

愛菜は振り向くと興奮して、

「ねえ！　ねえ、これ三橋学だよ！」

レジの男を指さす。
ユキオは顔をしかめたまま店員を見遣《みや》った。
黒いエプロンをつけた、ひょろりと痩せた男が立っていた。

3　三橋学と中学時代

オタクでもないしチャラくもない、顔がいいわけでも体格がいいわけでもおしゃれでもない、勉強もスポーツもできない、でも三橋学は、絵だけは人よりほんのちょっと上手かった。

学の最古の記憶は、幼稚園の先生に絵を褒められたことだ。もちろん幼稚園の先生は、お絵描きの時間に子供たちが描いた絵をまんべんなく褒めるものだけど、子供らしい絵だからという人をバカにした理由以外で、正真正銘褒められているのは学の描く絵だけだったし、その真の評価を学もちゃんと感じ取っていた。学が画用紙にクレヨンでなにかを描きはじめると、みんながわっと寄ってきて、息を飲んで覗き込んできた光景は、学の中でいまもきらきらと輝いている。

小学校時代はオリジナルのキャラクターを描くのに夢中で、自由帳が何冊もいっぱいになった。《ガガガプラズマイオン》とか、《チキチキマンボマン》と名付けられた二頭身のオリジナルキャラたちは、クラスの男子に大好評だった。そうやって机に座って絵を描いていれば、誰かが興味を示して声をかけてきてくれた。それでいつの間にかクラスの輪の中に心地よく収まることができた。

中学にあがると徐々に画風は変わっていき、陰々滅々とした絵を描くようになっていた。永久に増殖するアメーバみたいな、迷路みたいな無機質な線で、プリントの裏をぎっちり埋め尽くす。執念を感じさせるその描き込みは、触れるとえんぴつの黒ずみが付きそうに太く濃い。世界に対する呪詛《じゅそ》のような気味の悪い、いかにも中学生男子が描きそうなタッチの絵だ。

「げ、なにその絵、キモチワルッ！」

一学期の終わりに、クラスの女子のリーダー的存在だった女が何気なく放ったその一言で、学のポジションは地に落ちた。女子たちからの冷ややかな視線は男子の世界にも甚大な影響力を発揮し、学はクラスでも三指に入る「バカにしてもいい奴」となった。いじめられっ子といじられキャラの境界線上の存在。早生まれで身長も低かった学は、中一の時点では小学生にしか見えなかったし、温厚な性格のせいで弱肉強食のポジション争いでは格好の餌食となった。見た目の幼稚さに反して自負心は人一倍高いので、自我の苦しみは何倍にも増す。身体的なコンプレックスは「悩みの種」なんてレベルをはるかに超えて深刻だった。

子供時代、大草原のように雄大で自由で無垢だった学の世界は、一気に殺伐としたコンクリートジャングルに変わってしまった。押し寄せる自意識の竜巻は自家中毒のように学を激しく乱高下させ、次第に人の目から逃れるように部屋から出られなくなった。そして夏休みが終わり、学の不登校キャリアが幕を開けた。

三橋学は郊外の田んぼを宅地開発して造られた建売住宅で育った。家は肌色の漆喰にレンガ色の三角屋根がのった偽物くさいスペイン風で、深緑色の郵便受けはヨーロッパからの直輸入品だ。家の前には真っ白いセメントで塗り固められた駐車場があり、車が二台停められるようになっている。

二階の南向きのいちばんいい部屋が、学の個室にあてられていた。田んぼがのんびりと広がる窓からの眺めも、数年の間に随分と様変わりし、いまや一面が新築の戸建てで埋まりつつある。基礎工事がはじまったかと思うと二ヶ月後には完成しているスピードにも、もう驚かない。

学が自分の人生について考えるとき、それは常に過去形だった。曲がりなりにも専門学校卒という最終学歴に落ち着けただけでほっとしていた。義務教育の時点でドロップアウトした者にとっては、まずまずの結果。親に恥はかかせない、かといって自慢の息子というわけにはいかないけれど、それでも〝普通〟と胸を張って言えるところに着地でき、御の字じゃないかと人生振り返りモードで（自伝の自費出版を真剣に考えるオヤジのように）、学は思っている。

だから成人式の日にバーミヤンで小林と矢田がこれからの展望を語るのを聞いて、内心激しく動揺した。それまでは将来のことなんて語り合う空気になったことはなかった。どうせロクな就職先はないよねとはなから諦めムードで、モラトリアム期間は永遠につづいていきそうに悠長に流れた。でもそれももう終わりだ。いざ自分が社会に飛び出さなきゃいけないんだと思ったとき、学の脳裏に浮かんだのは、もう遠い過去になったはずの中学での記憶だった。

ほかの人にとっては笑ってスルーしてしまえるような些細な出来事でも、学にとっては致命傷になってしまうほどのストレスになることは昔からあった。心が弱いのだ、と自分でも思う。こんなんじゃ社会に出るなんて絶対に無理。怖い怖い怖すぎる。あ、たとえば誰かが全部お膳立てしてくれるんだったらいいよ？　明日からここに行って、一日中ベルトコンベアーの様子を見張っててと言われれば喜んでやる。突き詰めれば、嫌なのは仕事を探す過程なのかもしれない。「二百社も受けたけど内定はまだ……」と暗い顔でインタビューにこたえる就活生のニュース映像は、学にとって恐怖と憂鬱の源だった。

「お前は？　これからどうすんの？」

バーミヤンでそう振られたとき、学は中途半端な笑顔でごまかすしかなかった。小林と矢田には不登校の黒歴史は言っていない（男はそんなこといちいち言わない。ネットではめっちゃ言うけど）。

「いまのバイト先で社員登用とかないの？」と小林。

「え、社員登用どころか年内閉店決まってんだけど」

矢田と小林は声を揃えて、「マジかぁ〜」と大きく笑った。


同じ仕事でも学生バイトよりフリーターの方が精神的にキツいのはなぜだ。卒業後、新星堂でのバイト一本になった学は、四月半ば、すでに病みかけていた。

楽しくなってきたのは、富樫ユキオと再会してからだ。

地元の新星堂で働いていると、小学校時代の知り合いを見かけることはときどきあったが、大抵はお互い気づいているのに声はかけないで無視するという気まずい感じになった。なにしろいまも、彼らの中で学は不登校のままなわけだし。木南愛菜のように、屈託なく連絡先を聞き出してくるなんてはじめてのことだ——あたし今年の成人式にFacebookからメッセージ送ったんだけど！　なんで返してくれないの!?　もぉ！　ねえ、メアドかLINEのアカウント教えてよ——さらにその後ろから富樫ユキオが現れたとき、学はなんだか胸が高鳴るのを感じた。学の目にはあからさまに、ユキオは「おもしろいドラマを運んでくる男」として映る。学のような「一緒にいても特になにも起こらない奴」（と人からも思われ、自分でも思っている人間）にとっては、ユキオは登場するなりドラムロールが聞こえてくるような男だった。

不機嫌な顔で木南愛菜に歩み寄ってきたユキオは、話している相手が学だとわかるや、「なーんだ」とでもいうように攻撃的な態度を緩めた。ユキオの目に学は、成人式で見かけた同級生たちとは違った、どこか目新しい生き物として映る。どうってことのないルックスが、かえってなにかありそうに見えなくもない。学の不登校というバックボーンは、どの場所にもしっくりこなかったユキオの中の半端な孤立感と共鳴するような気がした。学校に通っていたころは、この手のダサい奴とはつるみたくないと避けてきたが、別にもうそんなふうに、人を選ぶような真似はしなくていいんだ。それなら、こいつでもいいじゃん。アリじゃん。こんくらいの奴で、ちょうどいいじゃん。

「今度飲みに行こうぜ」

「え？」小学生のころだって、教室の外でまで遊ぶような関係ではなかったのに⁉

学はユキオからの突然の誘いに動揺しつつも、まるで上司の誘いを断るなんて選択肢はない部下のようにイエスとこたえた。ユキオは畳み掛けるようにつづけた。

「今度っていうか今日は？　なんか用事ある？」


飲みに行くといっても、まずはビッグボーイでステーキを食べ、一旦自宅に戻って車を置いてから自転車で児童公園に集まるというスタイルだった。同じ学区だから、車がなくても行き来できる距離に全員の家があった。

学は「自転車で集合」と言われて少し面食らった。専門学校の入学祝いに車を買ってもらって以来、自転車になんて乗ったことがない。家の周りすら歩かないのだ。雨ざらしになった自転車を引っ張り出し、夜道を立ち漕ぎすると、定時制高校に通っていたころの感覚がふと蘇《よみがえ》った。みんなが学校から帰ってくる放課後に、学は一人逆流して駅へと向かい、登校する日々。公園に着くと誰もいなかった。みんなが揃ってから登場しようと、わざと少し遅れて来たつもりだったのに。いちばんに到着すると、自分だけハメられているんじゃないかという嫌な予感がするが、学は癖になっている被害妄想を振り払い自転車を停めると、のしのしと公園の中に入って藤棚の下のベンチに腰を下ろした。

鉄棒と雲梯《うんてい》と対面式のブランコ、それから木製のシーソーが朽ちかけている。ここに来るのは小学生のとき以来だ。新緑を繁らせた木々が空を不気味に覆い、風が薄寒い。ここで酒なんか飲んだら風邪をひくんじゃないか？　そもそもあの人たちは、しょっちゅうこんなところで集まっているのか？

ＬＩＮＥに着信が入る。木南愛菜からだった。

〈どんなのが好き？〉

酔っぱらったクマのスタンプが、連打で貼られている。

〈酒あんまり飲めない。コーラかジンジャーエールお願いします〉

十分後にはユキオと愛菜が、コンビニ袋を提げてやって来た。学はほっと胸を撫で下ろす。

ベンチに全員が揃って缶ビールとカクテル・チューハイとペプシコーラで乾杯し、胃の中の消化しかけのステーキにどばどばと注入する。愛菜はテンションが高くしきりにケタケタ笑い、ユキオはそんな愛菜を要所要所でバカにしてイジり、男だけでは生み出せない、わけもなく楽しい雰囲気が充満して、学も飲めないビールに手を伸ばしたりした。

小学校時代は絡みはほとんどなかったし、中学時代が丸々抜けている学にしてみれば、ユキオがどんなポジションのどんなキャラになっているのかまるで見当がつかなかった。学は不意に話を振られると、言い淀んで会話の流れを止めたりしたが、二人は別に気にしていない様子だった。

十八歳で町を出たユキオは運転免許を持っていないというので、「行きたいとこあったら乗せてくよ」と、学は社交辞令のつもりで言った。翌日から、学のiPhoneはガンガン鳴った。

ユキオに呼び出されるのは全然嫌じゃなかった。人に合わせるタイプの学にすれば、一人で場を回してくれる上、無口な自分を放っておいてくれるユキオは一緒にいていちばん楽な人間だ。同じく口数の少ない父親との間に流れる気まずい沈黙も、喋りたいだけ喋った挙げ句「聞いてるの？」と時折せっつく母親の苛立ちもなく、ユキオと学が一緒にいると、老夫婦のように穏やかである。愛菜と入れ替わるようにして、学はユキオの運転手になった。

ユキオは愛菜から連絡が来ると、「げ、また愛菜だ。ウザ」と言う。

「あいつギリで可愛いから許すけど、こんだけウザくて可愛くもなかったらマジで死刑じゃね？」と、ユキオは可笑《おか》しそうに言うのだった。学は女性経験なんてないに等しいが、

「女ってほんとウザいよね」

やれやれうんざりと調子を合わせた。女を「ウザい」と言い切ってしまうと、妙な解放感があった。

「でもあいつすぐヤラせてくれるから、お前も一発お願いすれば？」

「えー……いいよ」

「なんで？　もったいねえ。ほんとすぐヤラせてくれるよ。ただし死ぬほどウゼーけど。アハハ」

ユキオから、半ば押し付けられる形で借りた『イグジット・スルー・ザ・ギフトショップ』のＤＶＤを、パソコンにセットして再生する。

感じるだろう？
わき上がる思い
恐れずに
自分を信じろ
君は自由だ
さあ踏み出そう
今夜
街は僕らのものだ
今夜
街は僕らのものだ

学もユキオ同様のっけから心を摑《つか》まれ、かぶりつくようにして最後まで観た。

覆面アーティストでこの映画の監督でもあるバンクシーは、椅子にどっかりと腰掛け、パーカのフードをかぶりカメラに向かって話しているが、照明の具合で顔はまったく見えず、音声も変えられている。

バンクシーはテレビニュースでも取り上げられるほどの知名度があり、学もさすがに名前だけは知っていた。グラフィティアートの世界ではスーパースターだ。

が、映画の主役はバンクシーではなく、ティエリーという風采の上がらない、貧乏ゆすりの激しい男だった。フランス訛《なま》りのキツい英語を話し、ビデオカメラでなにかを撮っていないと気が済まない性分という。こういう四六時中カメラを回している奴ってどこの国にもいるんだな、と学は思う。定時制高校の同級生にも一人、こういう奴がいた。撮られるのを嫌がっている人に、遠慮なくズームアップする迷惑な野郎。カメラのおかげで居場所を確保している弱い奴なんだな、と密かに憐《あわ》れんでいた。

ティエリーはちょっと年はいってるが、見た目もキャラクターもいたってファニーな感じだった。気のいいおじさん、憎めない奴、そういう種類の、いかにも脇役的な人間に見える。

最初はカメラを持ってセレブを追いかけ回していたティエリーだが、やがてグラフィティアーティストたちの活動を撮影するようになる。スプレー缶でアニメ調のキャラクターを描く男、道路にできたものの影を塗料でなぞる男、ステンシルで描いた亡きプロレスラーのポスターを繰り返し貼りまくる男。ロサンゼルスの街の風景に溶け込んでいる落書きのひとつひとつにはちゃんと作者がいて、ただの悪ふざけではなく、それぞれがなにかしらの意志と確固たる作風を持って活動していた。

学はそのドキュメンタリーを観ながら、興奮で何度ものたうち回った。ワールドカップの日本戦を見ても揺さぶられなかった学の心が、なぜだか激しくノックされた。感動への耐性が弱い学は居ても立ってもいられず、何度も一時停止しては、部屋の中をビッグフットみたいにうろうろ歩き回った。心を揺さぶられることに不慣れすぎて、「うわーっ!!!」という気持ちを抱えていられないのだ。感情が湧き出し、助けを求めるようにユキオにＬＩＮＥでスタンプを何十個も連打した。すぐにコールバックが来た。

「観たんだ、『イグジット・スルー・ザ・ギフトショップ』。超ヤバいっしょ?」

ユキオが、まるで自分の手柄のように言う。

「うん、ヤバい。すげえヤバい。スゲェェェェェヤバい!!!」

すぐさま学は車を出してユキオを拾い、二十四時間営業のホームセンターまで飛ばした。

4　今夜、街はぼくらのもの

ホームセンターはぼくらのもの。ホームセンターはぼくらの遊び場。白々と光る蛍光灯の下、プロ仕様の工具が山のように売られているこのホームセンターは、用もないのについ足が向く、学にとって数少ない安らぎの場だった。

「スプレーはこっち」

いつになく自信に満ちてユキオを先導し、フロアを歩く学。一方ユキオは浅草にやって来た外国人観光客のようにきょろきょろと、いちいち感想を言いながら歩いている。「え、ネジってこんなにいっぱいあんの？」「ちょ、あの糸鋸《いとのこ》見せて」

夜の十一時。黒いスプレー缶を各自一本ずつ購入した二人は学のパジェロに乗り込み、それっぽいヒップホップをかけてテンションを上げながら、補修予算がなくてつぎはぎだらけの道路をガタガタ突っ走った。

「なあ、学はなに描く？」

「まだ決めてない。富樫くんは？」

「オレはあれだな、ＳＴＵＳＳＹみたいなサインがいいな」

「ステューシーってなに？」

「ブランドだよ。あんじゃん、心電図みたいな、がしゃがしゃがしゃーってサインのロゴ。絶対見たことあるって。ジーンズメイトでも売ってんじゃね？」

「へぇー知らないや」

学はRight-onで買ったベージュのチノパンと無地の長袖Ｔシャツを着て、ユニクロの灰色パーカを羽織っている。ユキオはまるっきり同じようなアイテムだが、カーキ色のカーゴパンツとシュプリームのロゴ入りＴシャツ、それにゴアテックスのジャケットという格好。見た目同様に二人の会話も、成立しているようで実のところほとんど嚙み合ってはいなかったが、お互いそのことにあまり気づいていなかった。学はもちろんユキオもまた、他人とコミュニケーションで調和した経験がほぼなかった。いつも上っ面なつき合いでよろしくやっているが、飽きたり面倒くさくなればフラッと逃げてしまう。そのときどきで偶然居合わせた自分と近い匂いのする奴と、自然な流れで一緒にいるだけだ。女同士のように友情を確かめ合うことも讃え合うこともなく、明日の約束も交わさない。いまはただ、一緒にいるだけ。

フロントガラスから見える景色が、走るごとに徐々に拓けてくる。大型店舗の連なりも民家の明かりも遠くなり、なにも植わっていない田んぼが道の両サイドに延々つづく。舗装されていない側道へ入ると街灯もなくなって、ヘッドライトをハイビームに切り替えた。

「このへんでいいんじゃない？」

高速道路のインターチェンジから少し離れた草むらに車を停めると、二人は上着のフードをすっぽりかぶり、スプレー缶を持って外へ出た。膝までの草をナイキのスニーカーで踏み潰しながら、躊躇《ちゅうちょ》なく分け入る。高架橋に沿ってしばらく歩くと、赤いカラーコーンを蹴っ飛ばしてガード下に忍び込んだ。

巨大なコンクリート柱が二列、等間隔にはるか遠くまで突き立っている。かすかに届く月光。頭上からは百キロのスピードで走る車の轟音が通奏低音のように聞こえた。男の子をゾクゾクさせる夜の気配に、二人はいきおい無口になる。

コンクリート柱には先客が描いた下手くそな落書きがあった。

侍参上

「なんだこれ。くそダサいな！」

ユキオはイラつきながら《侍参上》の文字をスプレーで真っ黒に塗り潰した。

放置された自転車やバイク、オレンジ色のサル型バリケードが転がる高架橋の下を、二人はまっさらな柱を探して歩く。

「これいいんじゃねえ？」ユキオが柱を見上げて言った。

「うん、いいね」と学。

ユキオは唐突に、一筆《いっぴつ》書いてみせた。

FUCK

「…………」

学は特に何も言わず、棒立ちで成り行きを見守る。ユキオはさらにもう一言付け足した。

SEX

「……なんか、いくらなんでも中二病っぽくない？」

学はフラットな声で感想をつぶやいた。

「そうだな」

ユキオも素直に認める。

「性交から離れてみようか」

「おう」

ユキオは今度は勢いよく一筆書《ひとふでが》きで、ステューシーのバッタモンみたいなサインを描いた。

「これ、毎回同じに描ける？」

「無理だな」

今度は学がスプレー缶を上下に振りながら、無言で柱に近づく。「うーん」と首を傾げつつ、ユキオの描いた下手くそな字を上から慎重になぞる。そのうちただの字がグラフィティらしく整い、みるみるカッコよくなった。

「おお、すげえ!!　それっぽくなった」ユキオは無邪気に喜んでいる。

学は、画家がキャンバスから離れて絵のバランスをチェックするように遠くから見ると、

「でもこれ、普通だね」とがっかりした声で言った。

「全然カッコよくない。それになんかちょっと、万引きしたときみたいな罪悪感」

「へー、お前も万引きとかしてんだ」

ユキオは見直したとでも言うような口調だ。

「一回だけね」

学は改めて自分たちが描いたグラフィティもどきを眺めた。

そこにはなんの意味も、意志も、理由も、気持ちも、コンセプトも感じられない。街の公害のような落書き。落書きの駄作。駄作中の駄作。

「あーもっとカッコいいやつが描きたい」

二人はなんの成果も上げられないまま、その日はとぼとぼと帰った。

学はファミマで買った無印のらくがき帳に、グラフィティの練習をはじめた。家に転がって

いたインクの出が悪いボールペンで、頭に浮かんだものや目に入ったものを気の向くままに描く。しかし描いても描いてもそれは、男子中学生がいかにも描きそうな絵以外のなにものでもなかった。ジャンプとマガジンとＰＳＰで育った人間が、決して逃れられないセンスのようなものが、いつの間にか自分の中に染み付いて、呪いのようにそこから出られない。『イグジット・スルー・ザ・ギフトショップ』で見たアーティストたちのような、クールな作品はどうがんばっても描けなかった。

モザイクタイルをスペースインベーダーの形にして貼るとか、プロレスラーのアンドレ・ザ・ジャイアントをステンシル風に描いた《ＯＢＥＹ》とか、ミスター・アンドレのアニメっぽい片目のキャラとか。ああいったシグネチャーを作り出したいのに、学が握るペンが描き出すのは、なんだか凡庸な、どこかで見たことのあるいかにもなやつばかりで、描けば描くほど自分の才能のなさに落胆するのだった。

それでもときどき暇に任せてあの高架下へ忍び込み、スプレー片手にコンクリート柱に絵を描いてみせると、ユキオは「すげえ！　お前天才だな！」とオーバーに褒め称えた。ユキオは見た目も良くてファッションもそれなりにちゃんとしていたが、絵のセンスだけは致命的になかった。なにを描いても幼稚園児並みのユキオからすれば、学はたしかに才能に溢れて見えた。

そんなユキオが相手では、自分にいかに才能がないかを説明することすらできない。オレたちのレベルは絶望的に低すぎる。学はすぐに自分に見切りをつけていたが、ユキオはなんでも上手く描ける学の画力をおもしろがって、あれ描いてこれ描いてと子供のようにねだった。

「まずはさぁ、《OBEY》パクろうぜ」

ユキオはアンドレ・ザ・ジャイアントの代わりに、ジャイアント馬場の顔をイラストに起こしてくれと学に頼んだ。十数枚の試行錯誤のあとで、ようやくそれらしい輪郭が仕上がると、パソコンに取り込んで極太の線で清書し、ジャイアント馬場の正面顔が完成した。

「ブハハハハ!!!　いいじゃんこれ。超いいよ!」

パソコンの画面を覗き込むなり、ユキオは腹を抱えて爆笑しながら言った。

「《OBEY》の代わりになんか単語ねえ?　意味がありそうでないやつ。カッコいいやつ」

「じゃあここを一本取って……」

OPEY
「オペイ!!!　オペイ、イイ!　オペイってなんだよ!!　超ウケる」

こうして二人のはじめてのグラフィティアート、オペイが誕生した。

学の家のリビングの壁に掛かった、ガス屋がくれたカレンダーを失敬し、四枚継ぎ合わせて巨大な一枚の紙を作る。その裏に、パソコンで作ったジャイアント馬場のステンシル画像を手書きで大きく写した。《OBEY》の作者シェパード・フェアリーは、コピーや製本の専門チェーン、キンコーズで引き伸ばし作業をしていたが、ユキオと学の住む街にはキンコーズなんてなかったから、仕方なく手書きで三時間くらいかけて複写した。

出来上がったものは、パソコンで作った絵とは少し雰囲気が違っていた。極力コワモテに描いたつもりのジャイアント馬場は、人の好《よ》さそうな穏やかなタレ目で、仏像のように微笑んでいる。

「なんか、いい絵だな」

ユキオはしみじみ言った。

学は黙々と、カッターナイフで線部分を切り取る作業に没頭している。

深夜、再び高架下へ行き、コンクリート柱に絵の線をくりぬいたカレンダーを養生テープで留め、上から一気にスプレー塗料を吹き付けた。カレンダーをゆっくり剥がすと、そこにはジャイアント馬場と、タイポグラフィー風ＯＰＥＹの文字が出現する。

「おおぉ〜」

二人は思わず歓声を上げた。

ユキオがハイタッチを求めると、学はぎこちなく、恥ずかしげにそれに応じる。

「オレら最強じゃん！」

ユキオは照れもせずにそんなことを言う。

ユキオの物言いにはあまりにも迷いがないので、学もだんだん、そんな気がしてきた。


すっかり味をしめた二人は、『イグジット・スルー・ザ・ギフトショップ』に出てきたアートの作品を次々パクって習作を作った。スペースインベーダーの代わりにぷよぷよをタイルでかたどり、コンクリート柱にグルーガンで貼りまくる。片目をつぶったミスター・アンドレのオリジナルキャラをモロにパクって、両目ともバッテンで潰れたキャラを描いた。

「もっと手本が欲しい」と学が言うので、ユキオは草間《くさま》彌生《やよい》の名前を挙げたが、「誰それ知らない」と学は即答。

検索して草間彌生の作品を見せると、学は絶句した。

「は？　かぼちゃ？」

でっぷりとした下膨れのかぼちゃを、黒と黄色の水玉だけで描いた絵に、学は衝撃を受けた。

「すげー。水玉だけでここまで……。このかぼちゃ、意味は？」

「ないでしょ！」ユキオは笑いながらこたえた。

「へぇ。ないんだ。まあ、よくわかんないけど、すごいね。かぼちゃをこんなふうに……」

学はそれからくがき帳に、水玉ではなく微妙にひしゃげた楕円の、アメーバのような図形を描きまくった。線が重ならないように気をつけながら、手が動くままにどんどん描き込んでいく。同じような図形を繰り返し描くうち、無心になるのが気持ちよかった。

「なあ、これにサインしろよ」

「サイン？　どんな？」

「バンクシーみたいな」

「ないよそんなの」

学は自分にも昔、ノートにでかでかと練習していた自作のサインの書き順まで憶えていたけれど、そのことはユキオには言わないでおいた。有名人でもないのにサインなんて書いていた過去を学は恥じた。誇大妄想に取り憑かれた自意識過剰な奴と思われるのが死ぬほど嫌だった。だから学は、

「オレはあるよ、サイン」

とユキオが平然と言ったのを聞いて困惑した。

「え、へぇ、そうなんだ」

人からバカにされる立場に立ったことがない奴特有の、ストレートであけっぴろげなところを見せられるたび、学はユキオとの人間の違いを感じた。そしてユキオのそんなところをうらやましいと心底思った。

「ちょ、それ貸して」

ユキオは学のらくがき帳とペンを奪ってたどたどしい筆記体でyukioと書き、最後の一字である0に何本か線を付け足して女性器のマークにすると、

「かっこ良くない？」

小鼻をふくらませた。

「…………」

学はそのサインを見て、中学生みたい、とまたしても思ったが、もうそれを口に出すことはなかった。

ユキオが書いたダサくて間抜けなサインを見て、学はハハハと笑う。学が笑うとユキオはうれしそうに、

「お前のサインも考えてやるよ」

と調子に乗って、筆記体でmanabuと書いた最後のuにnkoを付け足した。

「学ウンコ。マナブンコ」

ゲラゲラ。

アホすぎて、なんだか異常に楽しい夜だった。

5　安曇春子は行方不明

「やべえ、オレたちもう、オリジナル描く段階までキテるんじゃねえの？」

ユキオがいつものハッタリめいた言い方で、学にそうけしかけてから数日後のこと。安曇《あずみ》春《はる》子《こ》という女の絵を描こうと、ユキオが持ちかけてきた。

誰それ？　と学が訊くと、オレも知らないと言う。

「うちの団地の、交番の前に貼ってあった」

ユキオは尋ね人の貼り紙を撮った画面を学に見せる。

《探しています》

安曇春子（失踪時28歳）

身長１６０センチ位　中肉よりやや痩せ型

黒髪　セミロング
平成25年6月15日午後9時頃、買い物に行くと言って車で出かけたまま行方不明。
お心当たりの方は、下記警察署までご連絡ください。

「この写真、なんかすでに死臭漂ってるんだけど……」

学は写真を指で拡大しながら、怪訝な顔で言った。

「で、この人をどうするの？」

「探す！」

「えっ？」

「探すんだよ」

「……どうやって？」

「学さぁ、『ワンピース』に出てくる指名手配のポスターわかる？」

「ああ。ウォンテッドって、懸賞金が書いてあるやつ？」

「そうそう。あんな感じでこの女の顔をさぁ、ステンシルにしてよ。そんで《OBEY》みたいに街中にスプレーして回ろうぜ」

学は顔をしかめ、半信半疑でユキオを見つめた。

「それって……肖像権の問題とかあるんじゃない？」

「ないっしょ！　ないない！　だってもしこの女の失踪事件をステンシルで広めて、そんでこの女が見つかったら、オレたちのお手柄じゃん。もし警察に落書きがバレても、人探しにグラフィティ使ってたんだって言えばセーフっしょ」

「いやぁ……セーフではないでしょ。器物損壊とか、いろいろあるんじゃない？」

「いいんだよ！」ユキオはイライラと声を荒らげる。

学は安曇春子の写真を見つめた。

『イグジット・スルー・ザ・ギフトショップ』で見たバンクシーのストリートアートの中には、社会的な問題提起を示唆する作品も多かった。ただでさえ落書きは犯罪なのに、本当にただの落書きにしか見えない殴り書きのようなサイン、いわゆるタギングというやつが、学は大嫌いだった。作品の体《てい》をなしていても、下手くそな駄作じゃダメ。どうせやるならそれなりに意味もスタイルもある、カッコよくて新しいものを作りたい。

「でもまあ、いいかもね。アートとしては。アリかも」

「だろ？　そりゃバンクシーまではいかないけど、〝FUCK〟とか描くよりだいぶマシだべ？」

「そうだね。〝FUCK〟よりは全然マシだね」

WANTED《お尋ね者》の代わりにMISSING《行方不明》と入れたアズミ・ハルコの肖像画を、ステンシル型にくりぬく。ジャイアント馬場のときはできるだけ大きなものを作ったが、アズミ・ハルコのステンシルはA4サイズほどの小さなものにした。いよいよ高速道路のガード下という修業の場から離れて、シャバで力を試す日が来たのだ。グラフィティアーティストとしてのデビュー。ユキオは自分たちのユニット名を《キルロイ》に決めた。グラフィティについてネットで調べているうちに知った、アメリカで有名な落書きのフレーズ《Kilroy was here.《キルロイ参上》》から取った。理由は、なんとなくカッコいいから。

深夜零時を回るころ、ユキオと学はパジェロに乗り込んで、ラジオを流しながらなにを話すでもなく車を走らせる。

「あそこはどお？」

ハンドルを握る学がユキオにたずねる。

通り沿いの潰れたコンビニは、窓の上に打ち付けられたベニヤ板に大量の落書きがされ、見るからに荒れた雰囲気だった。

「ああ、いいんじゃない？」

駐車場に車を入れると、エンジンはかけたままでライトを消し、二人はスプレー缶とステンシル型を持って廃墟と化した店舗に向かった。

辺りの民家の明かりはすでに消え、周囲にはほかに店もなく、もちろん人の通りもなく、街はすでに寝静まっている。車道には時折トラックが轟音を立てながら走って行くものの、交通量は昼間とは比べものにならないほど少なかった。

フードをかぶった彼らの姿は野蛮な雰囲気をまとってはいるが、その足取りは散歩しているようにのんびりして、動きの一つ一つが暇を持て余した放課後の高校生のようにダルそうだ。

作業はものの五分とかからなかった。アズミ・ハルコの顔型をステンシル調にデザインし、カッターで切り取った厚手のボール紙を壁に押し当てて、くりぬいてある穴を埋めるようにスプレー塗料を噴射し、終われば車に戻る。それだけ。

地元の中学生だか高校生だかの、適当な落書きの餌食になっていたコンビニの壁にステンシルがくっきり刻まれると、コドモたちの無法地帯と化していた壁面はその瞬間、アズミ・ハルコをよりビビッドに浮かび上がらせるための背景に追いやられた。

ウィキペディアで調べたグラフィティの暗黙のルールによると、すでにあるグラフィティの上に描くには、より完成度の高いものでなくてはならない。そのルールのとおりアズミ・ハルコは、たしかにどのグラフィティよりも完成度の高いレイヤーとなって最前面に現れた。ガキたちが鬱屈した衝動を思いのままに吐き出している雑な落書きの上で、アズミ・ハルコ様がスマートに君臨している。これは落書きじゃない。立派な作品だと二人は思った。

「いいねぇ」

二人は自分たちの作り出したアートを眺めて悦に入る。

ユキオはスプレー缶を持ったまま、学の肩に手を回し、

「超イイよこれ！」

学の肩をぐわしぐわしと揺さぶった。

深夜の街を二人は跋扈した。

ひと気のない場所まで車で乗り付け、無言のままポイントを決めると、学がステンシル型を手で押さえている間、ユキオはスプレーを吹きつけて一気に塗り潰す。

二人が去ったあとにはアズミ・ハルコのさびしげな顔が残された。

週四、五回のペースで《キルロイ》は出没した。電話ボックスのガラス戸に、ガードレールに、色褪せた看板に、廃屋になったまま放置された家の塀に。二人は次第にエリアを広げ、ありとあらゆる場所に出向いてアズミ・ハルコのステンシルを拡散させていった。

そのうちネット上に、アズミ・ハルコの写真がアップされるようになった。

——うちの近所に誰か落書きしとるｗｗｗ
——なんだこれ
——うちの町内にもあったｗｗｗ
——誰この女？
——フリー・ウィノナ⁇

――ブスだな
――絵のダサさが耐えられない
――抑圧された田舎の若者の仕業だろう

そこでは匿名のユーザーたちが言いたい放題に謎の落書きについて語っていた。

「スゲエじゃん!!!　オレらスゲエ！　キテる!!」

ユキオはアズミ・ハルコのステンシル画像が大量にアップされたウェブサイトを、いたく興奮して眺めている。下へスクロールしていくと匿名ユーザーたちは次第に、この女の正体や、込められた意味を探るようになっていった。

――ミッシングだから行方不明者なんじゃないの？
――あれだな、行方不明の女の彼氏がDQN《ドキュン》で、グラフィティにしちゃったんだな
――彼女募集中って意味では？　あらかじめ失われた彼女を探して……
――雰囲気的に、オカンの若いころの写真を思い出すんだが

――ではまとめます。オカンのような彼女を探しているということでオケー？
――ひねり過ぎ！　普通に行方不明者の捜索願でしょ
――それじゃつまらん
――ていうか飽きた

「あ。もう飽きられてる」

ユキオは真に受け、がっかりして言う。

「ほんとにシェパード・フェアリーの言ってたとおりだね」学は画面を見つめて言った。

「誰それ？」

「《ＯＢＥＹ》の作者」

「ああ」

内輪のジョークではじめたものが、数が増えていくことによって、まるでそこに意味があるかのように見えてくる。やがてみんながその絵について議論しはじめ、意味なんてなかっただの絵に、本当の力が宿るようになる。

「おもしれえええええ!!!」

ユキオはサイトの書き込みを見ながら無邪気に叫んだ。

学も手応えを感じ、なにかがはじまる予感にしばし浸った。


季節が梅雨から夏へと変わりはじめるころ、地元新聞に安曇春子が載った。

「え、オレらのグラフィティのことで?」

ユキオはついに新聞メディアが自分たちのグラフィティに反応を示したのかとぬか喜びしたが、内容はまるで違っていた。

先月15日から、安曇春子さん(28歳)が行方を絶っている。失踪に気づいた家族は、翌日警察に届け出たが、捜索はされなかった。


記事には、毎年全国で約十万人が失踪または蒸発していることや、失踪したのが成人の場合、警察に捜索願を出しても本人の自主的な家出とみなされ、捜査はほとんどしてもらえないことなどが書いてあった。警察が積極的に捜査するのは、幼児や認知症の高齢者など、自分の意思で失踪することが考えられない者に限られている。そのような〝特異家出人〟に分類された場合は、誘拐や殺人事件に巻き込まれた可能性も考慮した上で捜査網が敷かれるが、そうでないケースの大半が〝一般家出人〟とみなされ、警察による捜査、捜索は基本的に行われない。

現在、失踪する者の中では、三十代から四十代にかけての男性が増加傾向にあるという。家族や会社などのセーフティーネットからこぼれ落ちた者が、ある日突然、無目的に失踪。その後、ネットカフェ難民になっているのを発見された例などもある。しかし記事は、こんな結びになっていた。

失踪する女性の中には、その後なんらかの事件に巻き込まれ、遺体で発見されるケースも多い。ストーカー殺人など、警察に何度も相談しながら見過ごされ、取り返しのつかない事態に陥る例も跡を絶たない。特異家出人と一般家出人の境界線上に位置する、若い女性の失踪者への対処の見直しが求められる。

警察の対応への問題提起で締めくくられる記事の横に、安曇春子の顔は小窓の中に収まっていた。交番の貼り紙にあった写真ではなく、高校の卒業アルバムから切り抜いたものだった。紺のブレザーに髪は後ろで一つ結びにして、なんの感情も読み取れない静かな無表情でこちらを見据えている。

「アズミ・ハルコ、キテるな」

ユキオは業績に満足する中小企業の社長のように言った。

「ちょっと論点は違うけど、警察にも新聞社にも、アズミ・ハルコの存在がマークされてるってことだよね、これ」

「オレらが目ぇつけただけのことはあるな、アズミ・ハルコ」

ユキオは愉快そうに口角を上げげて笑った。

§

そんな調子でユキオと学が楽しくやっていたある日、とんだ邪魔が入った。

「なんでメール返してくれないの!?」

木南愛菜はユキオの団地の入り口で待ち伏せし、ユキオたちを見つけるやわめき散らした。

「いっつも男二人でつるんで、ゲイなの!?　ゲイなんでしょぉそこ!!!」

アホか。お前がウザいだけじゃ。と言いたいのをこらえてユキオは、「はいはい、わかった　わかった」とお得意の生返事でなだめすかす。

「ちょっと、とりあえず目立つから車ん中入ってよ……」

夜中の団地にこだまする愛菜のヒステリックな声にうんざりしつつ、引き気味で学は仲裁に入った。

ぷりぷり怒りながら後部座席に乗り込んだ愛菜は、床に散乱するスプレー缶を見つけると、

「なにこれ。『イグジット・スルー・ザ・ギフトショップ』に影響されてグラフィティでもやってんじゃないの？　ダサ！　バッカじゃない!!!」

と鋭いところを突いてくる。恐るべき女の第六感。たとえそれが愛菜であっても、状況証拠と推理を一瞬で結びつけてずばり答えを出す、『ジェシカおばさんの事件簿』的勘の冴えは凄

まじいものがある。

「…………」

「…………」

　思わず黙り込むユキオと学。

「え……？　マジでやってんの？　あれ？　なにこの板。MI…SS…ING？　ミッシング？　あれ？　つーかこの落書き見たことあるんですけどあたし！」

「…………」

「…………」

「ちょっとぉ〜。なんであたし抜きで楽しいことしてんの？　あんたたちのパイプつなげたあたしを差し置いて？　ハァァァ〜!?　なにそれ。ひっどい。信じらんない。バカ！　バカバカバカバカ!!」

　そんなわけで木南愛菜も、《キルロイ》のメンバーに正式加入決定。ミクシィの自己紹介にうれしそうに「アーティスト集団《キルロイ》のメンバーです♡」とさっそく書き足していたので、ユキオが慌てて削除させる一幕もあった。

アズミ・ハルコのステンシル型をうれしそうに持ち、「ワクワクするね！」と上機嫌で車に同乗する愛菜。ユキオはまるで、外で作った女を家族に見られたお父さんのようなバツの悪さで助手席にむっつり座る。ハンドルを握る学もうんともすんとも言わずにただただ車を走らせる。愛菜だけがただ一人、お出かけみたいなテンションだった。

「ねえねえ、今日はどこに落書きするの？」

「教えねー」

「ユキオに訊いてんじゃないの。あたしはマナブくんに訊いてるの」

愛菜はユキオがいる前で、やたらに学を持ち上げた。マナブくんカッコいいじゃん、マナブくんはやさしいな。それからむやみなボディータッチも多い。ユキオに嫉妬させようとしているのが見え見えで、ユキオも学も萎え萎えである。けれどそんな空気をまるで読みもせずに、愛菜はユキオと学に挟まれて紅一点のポジションに収まるとき、本当に居心地よさげだった。のびのびして気兼ねなく、言いたい放題。お腹すいたーのどかわいたートイレいきたいー。気まぐれで理不尽な、まるでゴダール映画に於けるアンナ・カリーナのような振る舞いに、ユキオも学もげんなりしつつ振り回される日々。そんな状況でもユキオと学は、せっせとアズミ・

ハルコのグラフィティを拡散させて回った。

最早ありとあらゆる場所にアズミ・ハルコは存在していた。

駅前の雑居ビルの屋上のドア、公衆トイレの個室の壁、鉄橋を支える台座、橋の側面。はじめてガード下以外の場所に落書きしたときのようなスリルを求めて、より危険な場所へとエスカレートしていった。交番が目と鼻の先にある小学校のブロック塀、廃墟のビルの壁面、いったいどうやってそんな場所に？　というような高いところにも、アズミ・ハルコはいた。ネットでも定番ネタとして不動の地位を確立し、そのイメージは果てしなく広がって、すっかり定着していた。ただし安曇春子の名前は誰も知らない。


謎のストリートアートとしてアズミ・ハルコのグラフィティが定番化する一方、少女ギャング団の存在もまた、ネット上に浮上してきていた。巨大匿名掲示板に寄せられた少女ギャング団の被害に遭った人の書き込みが増えるに従って、スレッドは別のサイトにピックアップされ、まとめられ、より多くの人の目に触れるようになり、やがて地元新聞でも小さな扱いながら記事が掲載された。

《男性が女性集団に暴行を受ける事件、増加傾向か》

ネット上に寄せられた被害の書き込みによって、これまで確認されてこなかった連続暴行事件の存在が明るみに出てきている。事件の信ぴょう性も含めて、捜査が必要な段階。警察は被害に遭った男性に事情聴取をしたいとし、被害の積極的な申告を訴えている。

新聞の記事になったことで、少女ギャング団の存在は警察もマークするようになり、ついには公式にお達しが出された。

少女ギャング団による男性を狙った暴行事件が頻発しています。
男性の夜道の一人歩きは危険です。夜間の外出は控えましょう。

地元警察のホームページに、振り込め詐欺撲滅の啓発と並んで、少女ギャング団への警戒を求める文章が掲示されるようになった。交番の前にも警察署員がWindowsで作成したと思《おぼ》しき、素人くさいレイアウトのポスターが貼り出され、その横にもう一つ、真新しい警告文があった。

不審な落書きが県内各所で発見されています。
落書きは犯罪です!!!
取り締まり強化中
犯人を見かけたら情報提供を!

厚紙に毛筆で書かれたその荒々しい文字には、「落書き」「犯罪」などの言葉が朱色で強調され、書いた人の激しい怒りを物語っている。貼り紙には落書きのサンプルとして、ブロック塀に黒くスプレーされた写真のコピーが添えられていた。輪郭を黒く縁取って塗り潰された、半ばイラストのように簡略化された女の顔。アズミ・ハルコの顔である。

最初に貼り紙を見つけたのは愛菜だった。「おもしろいものがあるの」と思わせぶりなメールを送り、助手席にユキオを乗せて交番の前をゆっくり、スピードダウンして走った。ユキオは窓を開けて、舐めるように凝視した。そこにはアズミ・ハルコのグラフィティの写真が、これ見よがしにデカデカと貼り出されていた。

「げ!!!　ヤバいじゃん!!!」

ユキオの反応は、愛菜にとって思いがけないものだった。

「え、もっと喜ぶかと思ったのに」

「アホか！　普通にヤバいだろこれ。警察にマークされてるってことだろ!!!」

その貼り紙がきっかけで、ユキオは熱が冷めたようにグラフィティをやめてしまう。〈あとは適当に証拠隠滅しといて〉というメールが突然送られて来たきり、学の元にも音沙汰はぱったりなくなった。


ユキオがいなくなった世界で、学と愛菜はすっかり精神的迷子だ。学には、まだ燃え尽きずにくすぶるグラフィティへの厄介な情熱と買い溜めしておいた大量のスプレー缶が、愛菜には楽しかった思い出と、ふりほどけない執着心が残された。

それで、いつの間にか二人はその喪失感と持て余した時間ゆえに結びつき、いい感じになって、「え〜マナブくんて童貞なんだぁ？　カワイ〜」みたいな展開になっている。そしてなぜかラブホテルの風呂に一緒に浸かり、「ねえねえ潜望鏡って知ってる？　やったげよっか？」などと謎のサービス精神を発揮して、愛菜は学のチンコを一生懸命しゃぶっているのだった。

ん？　なんでこうなった？　あたしなにやってんだ？

腰を浮かせて水面にぷかんと突き出た学のチンコをしゃぶりながら、頭の中は完全に素面《しらふ》で自分に突っ込みを入れる愛菜。でも、だって、しょうがないじゃん。ユキオが電話に出てくんないんだから、しょうがないじゃん。愛菜はさびしがりやだから、構ってくれる人の方に流れちゃうんだもん。

それに、生まれてこのかたフェラチオもされたことなく、うっすらピンク色の超ピュアなチンコをガチガチに勃起させて、恥ずかしそうに変な顔でよがっている学を見ると、なんだか自分がすごい善行をしている気になってくる。あたし超天使じゃんって、いい気分になる。これまでは遊んでるタイプが好きだったけど、童貞もいいもんだな、なんていう気になっている。

シーツにくるまって学の華奢《きゃしゃ》な腕の中にすっぽり収まりながら、愛菜はくねくねとピロートークをはじめる。

「ねえねえ、あたしとマナブくんがつき合ったら、ユキオ怒るかなぁ？」

「いや怒らないでしょ」即答。

「えぇ～なんで？」

「なんでって」学は早く眠りたくて仕方ない。仰向けになって目をつぶりながら、

「だってユキオくんは、愛菜のことわかってるから」と適当なことを言った。

「え～それどういう意味ぃ？」

愛菜はうれしそうに訊き返す。ワクワク。どういう言葉が来るんだろう。ワクワク。

「えー」精液を出し尽くした学は極度の睡魔に襲われて意識が朦朧。しかしユキオの言ってい
た言葉は非常に印象的で普遍的な内容だったため、一字一句正確に口から出たのだった。

「だってすぐヤラせてくれるから、一発お願いすれば？　って言ってたし」

「……は？」

思ってもみないこたえが来て、いきおい愛菜は凍りついた。

「嘘でしょ？　なにそれ。ユキオがあんたにそう言ったってこと？　一発お願いすればって？

マジで？　嘘でしょ？」

自分の顔から、さーっと血の気が引く音がする。

「嘘でしょ？　嘘でしょ？」

愛菜は懇願するように言った。

お願い嘘って言って。

「…………」

学の胸は深く上下に動き、すうすうと規則的な寝息を立てはじめた。

「え？　嘘でしょ？　寝たの？　この状況で？」

愛菜はいま、地球に一人ぼっちで、さびしくて悲しくて、ほんと、気が変になりそう。

§

いい気持ちで勃起しながら目を覚ました学だが、服を着た愛菜が鬼の形相で自分を睨んでいるのに気づくなり、チンコが急速に萎《しぼ》んだ。愛菜は怒っていた。まぎれもなく怒っていた。

「こんな酷いことしてどういうつもり!?」

と責めまくるが、自分から誘ってきたくせに、わけがわからない。学は自分がなにを言ったかなんて憶えてない。だってすごく、眠かったから。

あまりの理不尽さに納得のいかない学。

「ユキオをここに呼んできて!!!」と、真相を問い詰める姿勢を崩さない愛菜。

「ええー……。ここに呼ぶのは無理でしょ」

学がそう言うと、愛菜は怒髪天で、

「そこは言葉の綾だから！　ユキオと直《ちょく》で話できるようにセッティングしてって意味でしょ!?」

胃を切り裂くような声で叫ぶ。

学は両手で耳を塞ぎたくなる。

なにもかもが面倒くさくて、遠いところに逃げ出したい気持ちになる。

二度とセックスの誘いは受けまいと、学は心に誓う。

ていうかまだセックスはしてないか。フェラチオでイッただけか。あれは気持ちよかったな。極楽だったな。

そう思うと、愛菜の怒りをどうにか鎮めて、またフェラチオしてもらえるようにがんばらないと、と思い直すのだった。

「わかったから、連絡取ってみるから、だから」

「だからなに⁉」

「…………」

だから、またフェラチオしてくれる？

ユキオに電話すると、

「ああ、愛菜とヤッたの？　ハハ」

相変わらずの調子のいい声が返ってきた。

「いや、してはないけど……」

でも潜望鏡でイカせてもらったと言うと、

「え〜⁉　あいつそんなテク持ってたの⁉　全然知らんかった！　惜しいことした‼」

ユキオは地団駄を踏まんばかりに悔しがり、学はなんだかちょっとだけ優越感に浸る。

「愛菜、ユキオと話したがってたよ」

「えー、ヤダ。そういうのダルい」

「……そこをなんとか」

「は？　なんでそんなに必死？」

もちろんフェラチオのためだが、それは言わないでおいた。

「愛菜はもういいよ。それよりさぁ、オレ今度ギャルと会うことになったんだけど、お前もそういう遊び方すれば？　グラフィティとかはもういいから」

「そういう遊び方ってなに？」

「えー、それなりの手順を踏んで、ギャルとお知り合いになるんだよ」

「ギャルはいいよ、怖いから」

「ギャルっつっても愛菜みたいなババアじゃなくて、リアルＪＫだぜ？」

「……それ、どこで知り合うの？」

「ＬＩＮＥ」

オレが最近ハマってるＬＩＮＥのスマホアプリがヤバい、アホみたいに可愛い子と出会えて、しかもそいつら全員すぐにでもヤラせてくれそう。という、なんだか素晴らしいパラダイスみたいなことを、ユキオは力説した。

「だからお前もやってみろって。もうすぐ夏だし、楽しめって！」

「キルロイは？」

「それは警察に目ぇつけられてるからいまは無理。そのうちな」

「そのうち？」

「ほとぼり冷めて、暇だったら再開しようぜ。オレだってああいうの好きだし、別にやめるとは思ってないけど、とにかくいまつづけるのはヤバいだろ。ま、アズミ・ハルコは終了だな。やるなら別のグラフィティにしようぜ」

「……わかった」

「じゃな」

「あ、ちょっと待って。ＬＩＮＥで知り合った子と会うのって、いつ？」

午後十一時のマクドナルド、駐車場の角に停めた車の中、愛菜は忍者のように身を潜めていた。店内に送り込んだ学からの連絡を待ちつつ、タイミングを見計らって出ていき、ユキオを問い詰めるつもりだった。

すぐヤラせてくれるから、一発お願いすれば？

すぐヤラせてくれるから、一発お願いすれば？

愛菜の頭の中で、呪いのようにその言葉がこだましている。

本当にそんなこと言ったの？　ユキオがそう言ったの？

とにかく真実をユキオの口から聞きたい、その一心だった。

愛菜はたしかにウザいところがある。それは自分でもわかってるし、でもどうにもならないから誰かに頼っちゃうのだ。それですぐセックスして、依存してしまうのだ。悪循環だってことはわかってる。でもほんと、どうにもならないんだもん。これでも一生懸命生きてるんだもん。なのにすぐヤラせてくれるからとか、一発お願いすればとか、そんなふうに言われてたなんて、そんなふうにユキオに思われてたなんて。それじゃああんまりにも、あたし可哀想じゃん。可哀想すぎるじゃん。

愛菜はぐずぐずと鼻を啜り上げながら、目の前に広がるだだっ広い駐車場を、見るともなしに眺めている。さすがに夜の十一時ともなると、そこは打ち捨てられたようにがらんとしている。向こう側の縁《へり》には学のパジェロが停まっていて、あとは二、三台の自動車が点々とあるだけだった。

ユキオ、ここまでどうやって来るんだろう。車もないのに。

あれ、でも、車もないのにLINEで女を釣って遊ぼうとしてるなんて、なんか超ダサくない？　なにかを間違えてるよ。超ダサい超ダサい超ダサい！　ユキオを嫌いになれるように、愛菜は何度も唱えてみるが、歩道をゆらゆらと歩く人影を見つけて、そんな思いは吹っ飛んでしまった。ユキオだ。ユキオは一人で、歩いてやって来た。

まるで夜中の散歩みたいに、ノンシャランとしたユキオの歩き姿を見ると、愛菜の胸はきゅんと鳴った。

う……ダメ……やっぱりカッコいい。超好き。ユキオが好きすぎて辛い。

愛菜はその姿を見るだけで、息が止まりそうになる。当たり前みたいに会っていたころとは違う感じがして、強烈なときめきを覚えてしまう。久しぶりに見るユキオって、なんでこんなカッコいいんだろう。ヤバいヤバい。ダメダメ。愛菜はこんがらがった気持ちが外に漏れないように、両手で口元を押さえて、「んー！」と叫んだ。

愛菜は目の端に浮かぶ涙をぬぐい、また鼻を啜り上げて、ハンドルに突っ伏すように覆いかぶさって、店の方を見た。ユキオが中に入ってから三分、五分、十分、そして十五分経ったところで、誰かが外へ出た。ユキオ？　ううん違う。あれは学だ。ひょろっとしてて遠目にもなんだか弱っちそうな、三橋学だ。

そのときだった。

愛菜の視界の影に、なにかがさっとうごめく。

黒猫が通り過ぎたような、わずかな気配だけが感じられる。その気配に気がついたときにはもう、三橋学は地面に突き飛ばされて、ボコボコと蹴られているところだった。

「えっ⁉」

車の中で、思わず愛菜は叫び声を上げる。

「はっ⁉　ちょっとなにこれ⁉」

外に出るに出られず、愛菜は目の前の光景に釘付けになった。

なにこれ。

なんなのこれ。

学をリンチしているのは、女子高生だった。

それも一人や二人じゃなくて、十人はいようかという集団である。

遠くからでもそのシルエットだけで、彼女たちが本物の女子高生であることがわかった。しかもみんな大きなマスクで口を覆っていて、みんな同じような髪型をしている。毛先がちょっとシャギーになったようなセミロングの黒髪を振り乱し、彼女たちは一心不乱に学を暴行すると、財布を奪い取って中からお札を抜いた。愛菜は止めなくてはと思った。お金を盗まれてなるものかと思った。

愛菜はハンドルの中央をグーで叩くように押し、クラクションを鳴らして威嚇した。

女子高生たちは一斉にこちらを振り返る。

なんだか怖い。怖いけど、あたしは車に乗ってるから安全だよね。だよね？

女子高生たちは愛菜の方を一瞥すると、なにごともなかったように財布をポイと投げ捨てた。

そしてそのまま、なんだかすごく楽しそうに、笑いながら、走り去って行った。

第2部　世間知らずな女の子

1

あの結婚式はほとんど同窓会だったな。久しぶりにみんなと会えて、そこかしこで奇声をあげ、抱き合わんばかりに懐かしがっていたけれど、あいさつ以上の話題になったら昔のまんま、ピンとこない人とはなに話してもピンとこない。それで上辺だけの笑顔を振りまいて、なんだかさびしい気持ちのまま、グラスを持って店の中をたゆたう。お皿に冷めた料理を載せて、わたしはいま味わってるんですよって顔で美味《おい》しそうに頬張り、目をきょろきょろさせながら、所在無さげに見えないようにかすかに緊張して。

アーケード街のはずれにあるこの店は、普段なら人一人通らないような閑散とした場所なのに、ざっと百人はいそうな人口密度だ。しかもほとんどの顔に見覚えがあった。がやがやした店内の空気に気圧《けお》されながら、久しぶりに会った中学のクラスメイトに、

「え、これみんな仲いいの？　どうやってこんなに集めたんだろ」

と言うと、

「Facebookやってないの?」

逆に驚かれてしまった。

そっか、Facebookやってるから、みんな友達みたいに見えたんだ。言われてみれば同じものを共有し合って、結託している感じがたしかにする。

みんな、いつの間にそんなのはじめたんだろう。

二次会で話した今井さんは、背中が大きく開いたマーメイドラインの赤いドレスに、髪も夜会巻きという凄みのある出で立ちで、中学時代はヤンキーの先輩から寵愛《ちょうあい》を受けていた学年一の上玉ならではのオーラを振りまいていた。声をかけたそうに遠巻きにチラチラ見ている男子を尻目に、メンソールの細タバコをすぱすぱ吸いまくり、かすれた低い声でガハハと笑う。

今井さんとは小学校のときは同じクラスの仲良しグループだったけど、中学に上がってからは別世界の住人となった。背が高く成熟した体つきの今井さんは、そのころから同い年と思えないほど大人びていたけれど、二十代も後半となったいまや、これぞ女といった貫禄すら漂わせている。高校を卒業してからずっと繁華街のキャバクラに勤め、一年前に結婚して引退し、名古屋に移り住んでいたのだという。

「そんですぐに離婚して、子供連れていまは実家」

今井さんはけろりと豪快に笑う。子供を親に見てもらいながら、昼間ショッピングモールにある携帯ショップで働いているそうだ。

「へぇーシングルマザーか。大変だね」

「ぜーんぜん。結婚してたときに比べるとだいぶマシ。だって前の旦那ほんと最悪だったからね。結婚してるあいだ一度も皿洗わなかったんだよ？　娘がまだ二ヶ月とかで、あたし全然睡眠とれてないのに。信じられる？　それに比べたらいまは天国だわ。いや、天国ってことはないか。なんだかんだいって親も、孫の世話すんのはしんどいみたいだし。たまに顔見せに来てほしいだけで、がっつり押し付けられるとやっぱ迷惑なんだよね」

「へぇー。そういうもんなんだ」

「ねえ、見てよ」

今井さんはそう言うと、新郎新婦の方を指さした。

新婦の杉崎ひとみは、肘まであるサテンのグローヴをはめ、頭には銀メッキのティアラまで載せている。その横にはシルバーグレーのタキシードを着た、額の後退しはじめた年上の男性が、アルコールで顔を真っ赤にして座っていた。

「ひとみ、さすがだね」

今井さんはシャンパングラスを手に、下世話な調子で耳打ちする。

「ほんと、男選びってもんをわかってるわ」

「え？」

その言葉の意味が、よくわからない。美人のひとみが十歳以上年上の、別にかっこ良くもない人と結婚するなんて、そこにはよっぽど深い愛があるのかと、素で思っていた。

「あたしもああいうの選べば良かったなぁ。そしたらいまごろ絶対働いてなんかないよ。離婚もしてない。マズったわ、マジで」

ハハハ。そう言い残すと今井さんは、次の話し相手を見つけてそちらへ行ってしまった。

ひとみとは幼なじみの間柄だけど、やっぱり中学に入ってからほとんど縁は切れていた。女子から見ると大人びた今井さんこそが最強に思えたけれど、男子からいちばん人気があったのはひとみの方だと、卒業したあとに知った。

今井さんに去られると、またぽつんと取り残されて、どんな顔をすればいいのかわからない。

今井さんは小学生のころもこんなふうに、ゆらゆら漂う金魚のように、気ままにふらっと輪を抜けては、別のグループに行くことがあった。今井さんが入ったグループはパァーッと華やかな活気に包まれて笑い声が絶えないけれど、今井さんに去られた方は、センターが抜けたアイドルグループみたいに、バランスを失って不安な空気が流れるのだった。

今井さんがほかの女の子たちに、こんな話をしているのが耳に入る。

「あたしね、アゲ嬢にスカウトされたことあるんだ」

「えースゴいじゃん」

「アゲ嬢って『小悪魔ａｇｅｈａ』の？」

一人が質問を挟むと、

「ほかになにがあるの！」

今井さんは上機嫌でその子の肩をぱしんとはたく。

「編集部の人がね、うちの店まで来てくれたの。読者モデルやってみない？　って、すっごい親身になってくれて、あたしも東京行きます！　ってノリノリだったんだけどさぁ」

「うんうん」

「妊娠してることがわかって、行けなかったの」

…………。

「え〜、残念だったね」

女子ならではの上辺な相槌《あいづち》とともに会話はフェードアウト。司会者がビンゴ大会に移りますとアナウンスすると、彼女たちは数字の並んだカードを求めて前の方に詰めかけて行った。

今井さんはそのまま、近くで聞き耳を立てていた春子をつかまえて、話のつづきをした。

「でね、アゲ嬢にスカウトされたんだけど」

今井さんはそれを再び、誇らしげに強調して言った。前後の文脈も、相手にどこまで情報が共有されているかも気にしないで、言いたいことだけ言う、昔から変わらない彼女の話し方だ。

「妊娠してたからダメになっちゃったんだ」

「……そっか」

自慢と後悔がないまぜになったそのエピソードに、どんな反応が正解かわからず、まるで心に響いていないような、うすいリアクションになってしまった。そもそも文化圏が違うから、アゲ嬢がどれほどの栄誉なのかもよくわからない。

そんな戸惑いなんてお構いなしに、今井さんはこうつづけた。

「昔つき合ってた男がね、ジャニーズの書類審査に受かったことあるって奴でさぁ。なんかお姉ちゃんが応募したとかで、東京の事務所に来てって連絡もらったらしいのね。小五くらいのときかな。母親もお姉ちゃんも乗り気だったのに、そいつ面倒くさいからって行かなかったって言うの。友達とゲームしてたいとか、なんかそんな理由で。バカじゃないの！　ってあたし超言ってたんだけど」

「うん」

「ねぇ、春子」

名前を呼びかけられ安曇春子はそこでやっと、今井さんが言わんとしていることに気がついたのだった。

飛びたくても飛べなかったこと。なんで飛べなかったんだろうと、いまでもちょっと考えてしまうこと。今井さんが飛べなかったのは、お腹にいた子供のせい？　それとも踏ん切りがつかなかった自分のせい？

「あたしもそいつと、おんなじことしちゃったんだ」

今井さんはグラスに残ったワインをぐっと呷《あお》り、また去って行った。

時間になって会場を追われると、店の前には三次会への指示を待つ人たちがたむろして、放課後のひとときみたいなざわめきが広がっていた。普段着に着替えた新郎新婦も合流し、誰かがスマホをいじりながら店までの道を確認している。そのときもう一度だけ、今井さんと話をした。

「あ、そうだ、春子、あれ憶えてる？」

今井さんは突然、思い出したように言った。

「小学校のときさぁ、将来もし誰かと結婚したら、自分の親とかきょうだいと、同じお墓に入れないって知ったとき、あたしとあんたと、あとひとみで」

今井さんは、みんなに囲まれながら花束を抱えて、幸せいっぱいの笑顔を浮かべている杉崎ひとみを指し、

「この三人でさぁ、抱き合ってうわあああんって泣いたの。憶えてる？」

「…………」

春子は、まさか急にそんなエピソードを出されるとは思ってもみなくて、思わず絶句してしまう。

そうだ、そんなこともあった。

まだほんの十歳ばかりのとき、死への恐怖におののくブームの次に、それはやって来た。

お父さんとお母さんと一緒のお墓に、自分だけ入れない。それを知ったときのあの、心と体が真っ二つに引き裂かれるような感覚。春子はその記憶を思い出した瞬間、またあのときみたいに、三人で抱き合って、びいびい泣きたい気持ちになった。こんなふうにひとみの結婚式の二次会に、他人行儀な顔で突っ立ってるんじゃなくて、おめでとうの代わりに抱き合って思いきり泣きたいと思った。女の子特有の、ヒステリックな感情の昂《たか》ぶりをダダ漏れにさせて。

そんなしんみりした気持ちを吹き飛ばすように、今井さんはこうつづけた。

「あんときはさぁ、自分が離婚してシングルマザーになるとかマジ想像もしてなかったな。言ってあげたいよね自分に。アンタ離婚して実家戻ってくるから大丈夫！　って。アハハ」

ふざけながら、ガバッと春子の肩を抱く今井さん。

彼女からむっと漂うアルコールの匂いと夜の匂いが混ざり合って、なんだか、目に映るなにもかもが空々しい。懐かしいねと言い合う声も。昔のまんまのキャラでしか通用しない空気も。

いろんな人の顔を見て、いろんなことを思い出し、いろんな気持ちを味わった一日。

顔ぶれのせいか、中学の教室にいたときと同じような感じ。

二十六歳になっても彼女の心は、十三歳のときと変わらず脆弱《ぜいじゃく》なままだった。

どうしてここが教室じゃないのかおかしいくらいだと、夜空を見上げて思った。

§

安曇春子の住む家のテレビは一日中爆音で点けっぱなし。父親は難癖をつけながらもバラエティを流しながら夕飯を食べるし、母親はいつ頃からか韓流ドラマの再放送を、当たり前のように見るようになっているし、近所に住む祖母にいたってはテレビに向かってうんうんうなずき親しげに喋りかけている。春子だってテレビは好きだ。パソコンは持っているものの型が古すぎてネットの読み込みが死ぬほど遅いから、いつの間にかほこりをかぶるようになってしまった。十代のころのように雑誌を買うこともなくなり、使い込んだガラケーで暇潰しにコンテンツを覗くだけ。だからここでは娯楽の王様はやっぱりテレビなのだった。二十一世紀に入ってもうすぐ十年は経とうというのに相変わらずテレビ。最近のテレビはおもしろくないと言われながらもやっぱりテレビ。あっちのテレビでは父親がニュース特番、こっちのテレビでは母親がＮＨＫの手芸番組、そして春子は皿を洗い終えると、静かにリビングを去って自分の部屋へ戻った。春子が無職になるのはもう三度目だが、毎回どうにも肩身が狭く、家事を手伝うくらいじゃ償いきれない罪の意識がついてまわる。のん気に番茶を啜りながらドラマを見ることもなんとなくはばかられて、夕食後のテレビタイムになるとすごすご部屋へと退散するのだった。

こんな本気の家事手伝い、あたしくらいのもんじゃ（笑）

ベッドに転がった春子はミクシィ日記にそう書き込むと、窓を開け、網戸越しに夜風に吹かれた。窓の外は松の木の枝がチクチクと、ハリネズミのように葉っぱを繁らせている。春子は蛍光灯にぎらりと照らされる木々の様子を無表情に眺めると、ベッドから起き出てドアのそばにある電気のスイッチをオフにした。

そうすると、暗闇だった外の景色が色の濃淡を現し、松の木の奥の方に、民家の輪郭がくっきりと浮かび上がるのだった。なんのへんてつもない瓦屋根と、老朽化した外壁と、アルミサッシの窓。

なにを思うでもなくベッドの上で壁にもたれ、体育座りしていると、誰かが階段を上がってくる足音が聞こえた。これはたぶん母親の足音だと、春子は直感する。

慌てて窓を閉め、飛び込むようにしてベッドサイドの読書灯を点けると、そのまま横になって携帯を開いた。足音が部屋の前で止まり、ノックのあとにわずかだけドアが開く。案の定母親が眠たそうな顔をほんの少し覗かせ、おやすみーとあくび混じりの声で言った。

「おやすみ」

ケータイばかりいじるいまどきの若者らしい格好を繕って、春子はぞんざいな仕草でひらりと手を振ってこたえた。

ドアを閉めかけた母が、もう一度顔を出す。

「あ、春ちゃん、トイレットペーパーってもうない?」

「なかった？」

「もう三つしか残ってないわ」

「明日買ってくる」

「お願いね、おやすみー」

ドアノブを回しながら、静かにドアが閉まる。


翌日春子はドラッグストアへ車を走らせた。数年前に拡張工事を終えて新しくなった道路、その両脇が少しずつ栄えて、ホームセンターなどが並んでいる。「これでスーパーもあればいいのに」と母親はぼやいているが、ホームセンターが一つとドラッグストアが二つできただけで、そのエリアへの出店はぷつりと途切れてしまった。

ドラッグストアの駐車場、店舗から少し離れた場所に車を停めてサイドブレーキを引く。鍵と財布だけ持って車を降りる安曇春子は、まだまだあどけなさの抜けきらない、薄ぼやけた顔をしている。セミロングの毛先が風でふわりとなびき、リップクリームだけ塗った唇にまとわりつく。それを疎ましく払い、サイドの髪を耳にかけた。ジーンズの裾を茶色のムートンブーツにたくし込んで、上は黒のダウンジャケット。この国の二十代から三十代の主婦は、みなそんなような格好をしている。

春子はドラッグストアに入ると、廉価なコスメがブランドごとに並ぶコーナーを何往復もする。サンプルに出ているチークの粉を指に付け、クリップで取り付けられた紙製の小さな丸鏡を覗き込みながら、さっと頬にのせた。それで幾分顔に生気が出たけれど、目には相変わらず覇気というものがまるでない。

勝手知ったる様子で売り場を縫うように歩き、商品を吟味して、シャンプーのボトルを摑む。それから猫のトイレ砂を小脇に抱え、山積みの特売トイレットペーパーを二つ取って、よたよたとレジに突き出した。

うつむいて財布を開き、ポイントカードをトレイに載せ、金額がデジタル数字で次々加算されていくのを見守っていると、

「あ」

店員の男が不意に声を漏らした。

春子はゆっくりと、視線を横にすべらせる。

目の焦点が、ピタリと店員の男に合う。

店員の男はどこか芝居がかった驚きとともに、

「安曇春子だ」と言った。

「……曽我《そが》氏」

春子はすぐに彼のあだ名を口にして、それから「どうも」と平坦なあいさつを付け加えた。

曽我氏と呼ばれた店員の男は無表情に、商品をピッピッとレジに通していく。目を逸らしたまま、にこりともしない。

「久しぶり」

春子は抑揚のない声でもう一度言った。

曽我氏はそれを無視して「千五百八十五円」とぶっきらぼうにつぶやいてから、

「お前結婚したの？」ズケズケした物言いでたずねた。

「は？　してない。してませんけど」

「へぇー。主婦に見える……。普通に主婦かと思った。なんか老けたな」

曽我氏は不躾《ぶしつけ》に春子を眺め回して、がっかりしたように言った。

がっかりしたのはこっちだ。

曽我氏とは幼なじみの間柄だが、小学校卒業と同時に引っ越していたから、これが十五年ぶりの再会になる。最後に会ったときはまだ声変わりもしていない少年だったのが、いまやカエル色のエプロンをつけて名札にバカみたいなポップ体で「そが」と書かれた、哀れな青年になっている。トイレットペーパーに「お買い上げありがとうございます」と刷られた紙テープを貼り、トイレ砂とシャンプーのボトルをレジ袋に入れ、お釣りを差し出している。

「曽我氏ってどこに住んでるの？」

「K町」

「それって実家？」春子の質問に、曽我氏はこくっとうなずく。

「引っ越したとこ？」その質問にも曽我氏は同じようにうなずいた。

春子はお釣りを財布にパチンと仕舞い、ほかに言うこともなくて、

「じゃあ……ばいばい」と気まずい感じで言った。

「あ、ちょ待って。……今日暇？」

「……。暇といえば暇だけど。でもご飯作んなきゃ」

「夜だよ、夜。九時とか。出てこれん？」

「……どこ行くの？　それによるかな」

曽我氏はその質問にはこたえずに言った。

「とりあえず、お前んちの前で待ってるから」

大量の荷物を両手に抱えて車まで歩き、エンジンをかけるとオーディオが自動再生され、ケイティ・ペリーが《あなたとわたしは永遠に若い》と歌い出す。春子もところどころ大きな声で一緒に歌った。

いつもの道路、いつものコースを、右に左にと曲がり、十分足らずで家に着く。家の正面は間口いっぱいにずらりと三台分、屋根付き駐車場が場所を占めているが、昔この場所が庭だったことを春子は憶えていて、いまもときどき思い出すようにしていた。鬱蒼《うっそう》とした松の木が門の上をアーチ状に伸び、生垣がぐるりと敷地を囲んで、小高く傾斜のついた庭には灯籠《とうろう》が置かれ、ツツジがこんもりと植わっていた。羽虫が飛び交い、蜘蛛《くも》の巣が張った陰気な庭だった。家は平屋で、サザエさんちのような縁側があった。

建て替えが決まったときは飛び跳ねて喜んで、まだ小さかった春子は父親と一緒になって障子を破ったり襖に落書きしたりした。古い家に対する感傷など微塵《みじん》もなく、新しい家にただただ期待を膨らませていたが、数ヶ月後に入居の日を迎え、鼠色の外壁の凡庸な建売住宅になった家を見て、「前の方がいい」と思った。庭は跡形もなく潰されて、駐車スペースになっていた。

帰宅した春子は、シャンプーのボトルを風呂場に置き、猫のトイレを掃除して新しい砂を足し、それから納戸に行ってトイレットペーパーのストックを横にして並べた。いちにいさんしいご。十二ロール入りのシングルのトイレットペーパーが、たしかに五つある。母曰くオイルショック時のトラウマで、トイレットペーパーが大量に常備されていないと落ち着かないのだそうだ。三つじゃ不安で、五つなら安心。そして古い方から順番に手前に並べていくのが決まりだった。

この家にはほかにもいくつかルールがある。トイレの蓋は閉めてから流すこと。料理するたびにガスレンジの五徳も洗うこと。掃除は日曜日の午前中にすること。朝は絶対に納豆を食べること。どの家庭にも存在するローカルルール。面倒だなと思いつつ、春子はそれに逆らう気がしない。もし逆らったら、「春ちゃんが結婚して自分の家庭を持ったらそうしなさいね」とたしなめられるのがオチだから。「誰かいい人できたなら、ちゃんと紹介しなさいね」。そういう母の何気ない一言が引き出されないように、細心の注意を払って毎日をやり過ごしている。

コンビニやファミレスでのバイトをはじめては辞め、またはじめては辞めて、春子は定期的に無職に零落するが、ここ数年自分の母親の介護に忙しい春子の母にすれば、その方が都合がいいようだったし、春子が家のことを手伝うのは花嫁修業の一環、とまで思っているふしがある。スーパーで買ってきた煮豆と冷奴、惣菜の鶏の唐揚げとポテトサラダ、それからブリを焼いたのをお皿に盛り、つけあわせの大根を大量にすって、缶ビールを開けて三人でつつき合う。父親の見ているテレビ番組をぼんやり眺め、猫を撫で回しているうちに、時計を見ると午後八時五七分。

親にどう言って外へ出ようか、春子はそわそわと考えを巡らせる。出掛けると言って車を出さないのもいかにも不自然だ。反抗期もなく親に心配ひとつかけずに生きてきた弊害か、中学生レベルの悩みに頭を使う自分に、この家での暮らしに、一瞬だけ猛烈な窮屈さを感じた。

携帯で誰かとメールのやり取りをしているふうをよそおい、「友達がちょっとそばまで来てるって言うから会ってくる」と言って、春子は外に出た。あれ？　っと思うほど両親は無反応だった。「ん」とだけ言って、テレビから目も離さない。

二十六歳の娘が夜の九時にちょっと出てくると言っても、そんなもんなのか。そっか。十六歳のころなら叱られたことが、いつの間に許されるようになっていたのか、春子は気付かずにこんな齢《とし》になってしまった。

約束どおり夜九時、家の前に立つと、フード付きの黒いジャンパーを羽織った曽我氏が、わざとらしく電柱にもたれかかって立っていた。

§

曽我氏は春子の姿を確認すると、ついて来てと伝えようとしている犬のようにちらちらと春子の方を振り返りながら歩き出した。通りの角を曲がってすぐ、ちょうど春子の家の真裏にある、曽我氏が子供時代に住んでいた家。瓦屋根にモルタル塗りの古くさい日本家屋だが、十年以上放置されて、いまやただの廃屋だった。土地ごと地元企業に売られてマンションになるはずだったが、資金繰りがうまくいかなくなったとかで頓挫し、手付かずのままいまに至っているると、春子は親の会話で聞いたことがあった。

曽我氏は躊躇なく敷地に入ると、家の前に停めてあるマウンテンバイクのハンドルにぶら下がったコンビニ袋を手に取る。

「え、チャリなの？」

「そおだけど？」

「K町からここまでチャリで来たの？」

曽我氏はそれがなにか？　とでも言うようにさらっと無視した。

「ここに自転車停めていいの？」春子が尋問するように訊くと、

「さぁ」首を傾げながら、当たり前のように「ここ俺んちだし」と付け加える。

それから曽我氏は玄関先へ進むと、ガラス戸の鍵を開けはじめた。

「えっ⁉　中に入る気？」

春子はぎょっとして声をひそめる。「空き巣に入るみたい」と漏らすと、「だから俺んちだって」と曽我氏は強調してくる。

鍵をくるくる回し開け、すりガラスの嵌《は》められた引き戸を横にスライドさせると、ガラガラと昭和の音がした。溜め込まれた屋内の空気が一斉に外に逃げ出し、黴臭《かび》いいやなにおいがむっと春子の鼻を突いた。

暗闇に目が慣れてくると、そこには生活のディテールがおもしろいほど残っているのに春子は気づいた。下駄箱の上にはカサカサに曇った空の水槽があり、子供用の丈の短い黄色い傘も立てかけられている。壁には玉のれんのついた楕円形の鏡。一九九七年の大相撲カレンダーには、まだ現役だった貴乃花の勇壮な姿が映されている。曽我氏はスニーカーのまま框《かまち》にあがり、キーホルダーにつけている携帯用のサーチライトで春子の足元を照らした。「あがって」と、促しているようだった。

当たり前のように土足で家にあがる曽我氏に驚きながら、春子もためらいつつムートンブーツで框をまたぐ。玄関の正面にある急な階段へと曽我氏につづき、四つん這いになって上へと進んだ。

二階は一間しかなく、八畳くらいのけっこう広々とした和室だった。曽我氏は窓辺に置かれた二人掛けソファーの真ん中に腰をおろし、テーブル代わりのみかん箱の上に置いた、海苔の缶のようなぶっといキャンドルに、百円ライターで火を点けた。

見ればそこには、やたらと物が転がっている。腰のあたりまで積み上げられた漫画雑誌やボードゲーム、スロットマシーン、ミニカーを走らせる立体道路といったおもちゃの数々。床の間にはガラスケースに入った博多人形、それからバカでかいラジカセやベータのビデオデッキなど、中途半端にレトロな家電も目につく。見るからに黴臭そうな箱入りの文学全集が紐でくくられ、窓には七〇年代テイストのぼってりとぶ厚いカーテンが引かれていた。

「え、ここにずっと住んでたわけじゃないよね？」

春子が引き気味に訊く。

「たまに来るだけ。落ち着くから」

曽我氏はコンビニ袋からピザまんを取り出し、むしゃむしゃと頬張りはじめた。部屋中にピザまんの匂いが広がり、普段はそんなもの食べたいなんて思わないのに、春子のお腹がぐうと鳴った。

「……座ったら？」

曽我氏は春子を仰ぎ見て言い、目の前の座布団をあごで指した。四隅に房のついた和座布団に、お尻をのせて体育座りし、春子は曽我氏を見据えた。

「なんでこんなに物があるの？」

「ゴミ出すの面倒だったから。あんまガラクタ持ってくなって言われてたし」

「あぁ。要らないものはなんでも置いてったんだ」

「そう」

「物って買うのは楽だけど捨てるのは大変だもんね」

「そう。でも荷物厳選しすぎたせいで新しい部屋はすかすかだったから、あんま落ち着かなくて。高校のとき、俺ん家《ち》どうなったのかなーって一回見に来たんだけど、家はそのままだったから、なんか中に入りたくなってさぁ。家の鍵は記念に持ってたから。それからはときどき来てた」

「へぇー。……曽我氏はさぁ、忍び込んで、ここでなにやってんの？」

「別になにも。なんで？」

「だって、電気も通ってないし、ろうそくだけじゃ暗いし、寒いでしょ。なにもできなくない？」

「なんでもできるよ」

曽我氏はズボンのポケットからｉＰｈｏｎｅを取り出した。

ｉＰｈｏｎｅのバックライトに青白く照らされる曽我氏のうつむき顔を眺めながら、五分、十分と無言のうちに時間が流れていく。なんでこんなところに連れて来られたのか、まるで意味がわからない。

曽我氏の家にあがるのは、これがはじめてではなかった。同い年の子供は町内に三人しかおらず、ひとみを交えてよく遊んだし、曽我氏は男きょうだいのいない春子にとっては、父親以外で唯一口をきくことのできる異性だから、肉親と他人のちょうど中間のような親近感があった。春子にとって曽我氏は、遊びをおもしろくしてくれる陽気で愉快で快活な男の子だった。カラリと気持ちよく晴れた五月の空みたいな、翳《かげ》りのない少年だった。子供時代の思い出の中に保存された永遠の少年が、いま目の前で肩を落とし、死んだような目でｉＰｈｏｎｅに釘付けになっている。手を差し伸べたい気持ちも萎《しお》れてしまうほど、いまの曽我氏は見ているだけで春子を悲しくさせる。あの少年はどこに行ってしまったんだろう。大人になるって、なんて悲しいことなんだろう。春子の中に芽吹こうとしていた好意の種が、傷んで、腐っていく。

「じゃああたしそろそろ帰る」春子が腰を浮かせると、曽我氏は引き止める言葉の代わりに、

「あいつどうしてる？」

こっちが恥ずかしくなるくらい上ずった声で言った。

「あいつって？」

「…………」

「あいつって⁉」

春子は、わかっていてわざと追及する。

「あんたひとみの名前も呼べなくなっちゃったの？」

ほとほとうんざりして、曽我氏のことをキッと睨んだ。

曽我氏はｉＰｈｏｎｅに目を落としたまま、なにも言わない。

曽我氏が小学校のころからひとみを意識していたのは知っていたけれど、それをいまも引きずっているなんて、絶望的だなと思った。思い出の中にぬくぬく閉じこもって、甘酸っぱい気

持ちを自分で供給している不健全さに虫唾《むしず》が走った。春子は実を言うと、そういう気持ちがわからないでもない。いつまでも思春期恋愛を引きずるのは心地いい。自分の青春が、まだ終わっていないような気になるから。恋愛だけじゃなくて、自分の可能性が丸々残されているような気にすらなれるから。

けれど目の前に、まだそんなところにとどまっている人間がいるとなると、なんだか急にバカバカしくなるのだった。自分のことは棚に上げ、その成長のなさにやるせない思いでいっぱいになった。

「ひとみ引っ越したよ。市内の方に新居買ったんだって」

春子はそれを、どこか自慢気に口にした。

「新居って？」

「結婚したの。残念でした」

春子は昔に戻ったように、女子小学生みたいなムカつく口調になっている。

「それ知ってる」

「げー、ネットストーキングですか？」

曽我氏はそれを否定せず、

「あ、ミーちゃん生きてる？」さらりと話題を変えた。

ミーちゃんは春子がずっと飼っている猫だ。小学生のとき、曽我氏とひとみと三人で拾った。誰か飼ってくれる人はいないかと、町内中の家を訪ねたが、結局春子の家で飼うことになった。半泣きで子猫を保護したのはひとみだったが、その責任を引き受けたのは春子の方だった。親に怒鳴られても泣いて抵抗し、土下座までして猫を飼う許しを得た。

「うちで飼えることになったよ！」

翌日朗報を持って行くと、

「えー……いいなぁ～」

軽い感じで、なんだか春子がオイシイところを持って行ったような声でひとみは言った。

「うちは飼えないから」と、自分の親に聞きもしなかったのにと春子は思ったが、なにも言えなかった。

「ミーちゃん、もちろん生きてるよ」

「マジで？　何歳？」

「十五歳」

「へぇー。生きてんだ」

曽我氏は感心して、「見たい見たい。ミーちゃん連れてきてよ」と顔を輝かせる。

「やだよ、こんな汚いとこ。ミーちゃんにノミがついたらどうすんの」

「じゃあ窓からでいい」

曽我氏がくるりと窓の方を向いてカーテンをシャッと開けると、木々の向こうにはちょうど春子の部屋の窓が見えた。

「あそこから見せてよ」

「えぇー」

「見せてよ」

「……わかった」

暗闇に包まれた曽我氏の家を出て、自宅へ戻る。両親はもう寝室へ行ったあとだ。春子はこたつで寝ていたミーちゃんを抱きかかえると、二階の部屋の窓を開けた。夜風が入り、抱っこの好きではないミーちゃんが、じたばたと身をよじる。

「でんきつけて」

曽我氏の叫ぶ声がかすかに聞こえたので、春子は読書灯を点けた。白熱球がぱっと灯り、代わりに外の景色は潰れ、春子からは曽我氏の方が見えなくなった。

春子は暗闇に向かってミーちゃんの顔が見えるように抱いた。

曽我氏にはその姿が見えているのか、見えていないのか、なんの合図もないのでさっぱりわからない。ミーちゃんの細い前脚をとって、バイバイと手を振らせてみる。曽我氏からの応答はないが、春子はしばらくその動作をつづけた。

そうしながら、春子はあのドラッグストアで曽我氏が働いていることを、本当は随分前から気づいていたことについて、思いを巡らせていた。曽我氏が売り場の陳列棚にしゃがみ込み、段ボール箱から商品を出して並べる姿を、何度も何度も見かけていたのだ。

曽我氏の部屋の窓は、松の枝にほとんど隠れている。ミーちゃんを高い高いすると、激しく嫌がって胸を脚で蹴られ、その拍子に落としてしまった。ミーちゃんはふわりと床に着地すると、体勢を低くして逃げて行った。

春子は仕方なく窓を閉めようと、サッシに手をかけた。向かいの曽我氏の窓の様子はまるで見えない。
春子は無表情に、小さく手を振ってみた。
暗闇の奥で曽我氏も手を振り返していたが、春子にはなにも見えなかった。

2

それからしばらくして、春子はついに念願だった就職をした。健康食品を取り扱う社員四人の小さな卸問屋。社員が多いと人間関係が面倒くさそうだからと、その会社をハローワークの求人で見つけたときは「ここだ！」と思い、藁にもすがる気持ちで履歴書を送った。面接では頬がかすかに痙攣《けいれん》するほど笑顔をキープして愛想を振りまき、そのおかげか無事に採用されることに決まったときは、部屋で一人くるくる回って喜んだものだ。出社初日、社長と専務は義理の兄弟という間柄であり、「うちはアットホームな家族経営だから」と言われると、はじめての就職にナーバスになっていた心はほぐれ、素直に「ここで働けるなんて幸せだ」と思った。小さな会社で地味な仕事に就き、給料はそこそこの代わりに早く家に帰って、ちゃんと家事も手伝おう。就職が決まって、春子はようやく前向きな気持ちになれた。人生はこれからだという肯定的な心持ちが全身に溢れた。

それなのに、三ヶ月後にはもう辞めたくなっていた。

朝八時半に出社して、家に帰るのは毎日十時を回り、電話応対、商品の受注と梱包と発送、販路の拡大を考えて発表させられる無駄な企画会議、その上社長と専務の召使い全般をこなして、年金と保険と税金を引かれて手取り十三万では、時給八百円のアルバイトの方がましだと心底思う。

でもまあ初任給なんてこんなもんかと思っていたが、先輩社員の吉澤さんも、十年以上働いて手取りがやっと十七万という有り様だった。その金額を聞いた瞬間、春子は逃げ出したい気持ちになった。

「社長ってケチですね……」

早朝、会社で二人きりになったとき、春子は思い切って言ってみた。

「ケチっていうか、これが資本主義なんだよきっと」

吉澤さんはすべてを悟りきった表情だ。

吉澤さんはセルフレーム眼鏡に黒髪のボブヘアー、肉付きの薄い少女のような体つきで、同い年くらいかと思いきや、今年三十六歳になるという。

「それでもまあボーナスはちょっと出るし、ギリギリセーフってとこじゃない?」

「はあ」

やがて経理を任されるようになり、社長と専務に毎月百万円近くが給料として振り込まれているのを知って、春子は仰天した。会社でもっとも働いている吉澤さんが十七万なのに、なにもしないでふんぞり返り、文句ばかり言っているおやじが百万円……。当然春子も、二十万円すら稼ぐことはできない。これまでも、これからも、たぶん永遠に。


実務を一手にこなす吉澤さんは、仕事中に余計な私語は一切言わない生真面目な人だった。いるだけで場をピリッと締める吉澤さんが外回りで席を外すと、社長と専務は妙にくだけた空気を出してきた。まるで学級委員がいない自習の時間みたいな、リラックスしまくったオヤジたちの憩いタイム。

「安曇さんって彼氏いないの?」

専務ははち切れそうな好奇心を隠そうともせずに言った。

「いないです」

キーボードを打つ手を止めて春子が回答すると、

「へぇ〜」

専務はニヤついた顔で社長に視線を投げかける。

社長は煙草をぷかぷか吸いながら、

「安曇さんはね、大丈夫だよ。結婚できるタイプだから」

まるで結婚できないキャラで売っているタレントに対するように、適当な慰めを吐いた。

「はあ」

春子はそう言われて、うれしいのか腹が立つのかわからない。結婚できるできないがそこまで重要だとは、これまで考えたこともなかった。

「ただねぇ安曇さん」

社長は社長らしい重みのある渋い声で、いかにもなにか重要なことを言い出す予感。春子が背筋を伸ばして構えていると、

「もっと女っぽい格好した方がいいと思うよ」

と言うので、とんだ肩透かしを食らってしまった。

なーんだそんなことかと思ったあと、胸の中にざわざわと違和感が走ったが、春子にはそれがなんなのかよくわからない。その違和感が正しいのか、それとも見当違いなものなのか、自信が持てない。痴漢に遭ったのか、それとも手が当たっただけなのか——。急に自分が、弱くて小さな存在になった気がする。

「スカートとか穿《は》いた方がいいよ」

専務が社長の発言をフォローする形で付け加えた。

「あ、はい、すいません」

春子は殊勝な声で、小さく頭を下げる。

もっと社会人らしい、ちゃんとした格好をするべきだったんだな、と春子は思う。会社勤めなんてはじめてだったから、なにを着ればいいのかわからなくて、吉澤さんの真似をしてチノパンばかり穿いていたけれど、それは吉澤さんにだけ許されているわけであって、もう少しカッチリした格好をするべきだったのか。

というか社長や専務が求めているファッションってなんだろう。春子は県道沿いの本屋に行き、女性誌コーナーにどっさり積み上げられている赤文字系雑誌を手に取ったが、案の定メス感が強すぎて即挫折、もう少しオーソドックスな感じのするきれいめカジュアルなOL向けファッション誌に手を伸ばした。トートバッグやシュシュやポーチなんかが付録についたそれらの雑誌には、ひたすら地に足の着いた着回しテクと、プチジュエリーのタイアップ広告が載る。ボウタイブラウスに膝丈ふんわりスカート、七センチのラウンドトゥパンプスを履いて眩しそうに微笑む読者モデルの姿を見て、「これか」と春子は思う。その世界が正気とは思えないけれど、これが正解なのだろうと、春子は確信した。

洋服にかける情熱は年々薄まっていき、最近はユニクロとしまむらでクローゼットの大半がまかなわれるようになったものの、可愛い系OLの通勤ファッション着回し一ヶ月分を眺めると、なんとも言えない抵抗感でいっぱいになった。

これはわたしじゃない、という違和感。この違和感はなんだと思いながら、春子は雑誌をパタリと閉じて、そっと平積みのいちばん上に戻した。普通のOLになるのってほんと難しいんだな。でも、難しいだけで、決して楽しくはない。なんでこんなに楽しくないんだろう。

でもそれじゃあ、自分は一体、なににになりたかったんだろう。

どういう大人になりたいと思っていたんだろう。

§

働きはじめて一年と少しが過ぎ、いまや春子は誰がどう見てもOLさんである。感じのいいナチュラルメイクにセミロング、人を威圧しない高さの無難な靴を履き、基本的にスカートで、たまにパンツを合わせても、ロールアップして華奢な足首という女らしいパーツを見せるのを忘れない。どこに出しても恥ずかしくない、立派なOLさんである。

けれど春子が二十七歳になったころから、社長は今度は露骨に肩たたきをするようになった。まだ彼氏はできないのか、結婚したいと思わないのか、女は若いうちに結婚しないと貰い手がなくなるぞ——。

そしてさすがの春子も気がついたのだった。社長の言ってることはただのセクハラで、高尚な本音が隠されているのかもしれないという裏読みはもはや不要であることに。

吉澤さんが外回りに出ると、社長は煙草の煙をぷわぁ～っと気持ち良さげに吐いて春子に言った。

「安曇さん知ってる？　卵子って腐るんだって」

「は？」

春子は配達伝票に住所をこりこり書き込みながら、呆気にとられて言った。

「腐るんじゃなくて老化ですよ老化」

四十代の専務が横からアシストする。専務の奥さんが二人目の子供を作ろうと不妊治療に通いはじめて知ったのだという。

「老化ってのは腐るってことだろうが」

社長は地響きのようなダミ声で言い切った。

「前にもほら、歌手が発言して問題になっただろう、羊水が腐るとかって。ダハハ！」

「でも四十代でも子供産んでる人いますよね。芸能人でも普通にいるし」

春子は無関心を装い、抵抗するように言った。

「まあそうだけど、確率でいうと相当低いらしいよ。うちのは二人目欲しいって言ってたんだけど、俺は諦めろって言ってんの。不妊治療もすごい金かかるし」

「はあ」春子は困り顔で、伝票の束をとんとんと揃える。

「三十五歳過ぎたら女もおしまいだな」

「おしまいって……」

思わず不快感をはっきりと滲ませてしまった。

ヤバい。思った以上に険のある言い方になってしまった、と春子は焦るが、しかし社長たちは春子の感情の発露に気づいてもいない。

春子は社長の発言と、社長の視界に自分が入ってもいないことに、思いがけず深く深く傷ついてしまう。妊娠や出産なんて意識したことすらなかったけれど、それにしたって社長たちの心ない物言いは春子を否応なしにえぐった。なにも言わないでほしい。あなたたちにそのことについて、なにも言われたくない。

社長は春子の様子には気にも留めず、意気揚々とつづけた。

「しっかし吉澤さんて変わってるよな。安曇さんもそう思わない？」

「え？　変わって……ますか？」

「だってあの人いくつよ。ねえ安曇さん、吉澤さんいくつか知ってる？」

「……あたしの十個上なので、三十七ですね」

「ハァ!?　三十七？　もうそんなにいってたの!?」

「早いねぇ」専務がパソコンをいじりながら口を挟んだ。

「三十七なんてそれ、もう完全に腐ってるよね」

「違う違う、老化ですって」

「どっちでもいいけどさぁ、可哀想だよな、吉澤さんて。結婚もしないでどうやって生きてくんだろ」

「ほんとですね」専務が合いの手を入れる。

「動物として優れてないからああなるんだよな」

社長は煙草を吸い終わり、リクライニングの利いた椅子に思いっきりもたれて「ウー」と大きな伸びをしながら、もう一度繰り返した。

「結婚できないなんて、動物として優れてない証拠だよ」

「吉澤さんも、ここに入ったころはけっこう可愛かったのに」専務が残念そうにつぶやく。

「まったく、子供産まない女が増えたせいで少子化だろ？　吉澤さんみたいな人が税金増やしてんだよな」

そこで社長と目が合ってしまい、春子はさっと逸らした。

社長は猫なで声でフォローを入れる。

「あ、安曇さんは違うよ？　安曇さんはさぁ、結婚できるタイプなんだよ。気が利くし、女らしい格好もできるし。でもねぇ吉澤さん、ありゃあもうできないだろうね、結婚。結婚できないなんて恥さらしだよな、まったく」

「ハハハ」

専務も乗っかって、遠慮なしに嘲笑する。

その瞬間、バタンとドアが開いて、外回りから戻った吉澤さんが、妙に威勢のいい「ただいま戻りました」の声とともに現れた。

その声量、その間のとり方、絶対いまの話を外で聞いてたに違いない、あえての態度だと春子は思った。

事務所中が、水を打ったように静まり返る。

仕事中は吉澤さんとの会話はほとんどなく、お昼も交互にとることになっていたから、彼女がどんな人なのか、実のところほとんど知らずに一年が過ぎていた。吉澤さんと仲良くなって結託されるのを社長はどこか嫌がっているふうでもあったし、わざわざ社長の妨害を振り切ってまで、距離を縮めようとは思わなかった。

これまでも、こんなことは度々あった。吉澤さんが外回りでいないときに、社長たちが吉澤さんのことを――吉澤さんが結婚していないことを、吉澤さんの年齢を、女性としての魅力に乏しいことを――小馬鹿にしてあれこれ言うのは、めずらしいことではなかった。

それでもさっきのはないな、と春子は思い、昼休みに外へ出た吉澤さんのあとを追いかけた。

駐車場の車止めに腰を下ろしてコンビニのパンをかじっている吉澤さんを見つけると、春子はここいいですか？　と思い切って声をかけた。

「あ、うん。どうぞ」

吉澤さんは普段と変わらない様子だ。

「いつもここで食べてるんですか？」

「んー、そういうわけじゃないけど」

さっきの会話に自分はまざっていないと伝えたくて、

「社長って、ちょっとオカシイですよね」春子は切り出す。

吉澤さんは、「ああ、さっきの社長たちの談笑の件？」と訊き返し、「大丈夫、全然気にしてないよ。もう慣れてるからね。社長とかさ、ネットに書いたら即炎上するようなこと不用意に言いすぎっていうか。取引先の人にも平気で地雷踏むようなことたまに言うし、ハラハラするわ」と平然としている。

「はは。たしかにヤバいですよね」

「本人たちは気づいてないけどさぁ、もう存在自体がセクハラだしね」

「肩たたき、半端じゃないです」

春子は困った顔で言った。

「あれ、安曇さんていくつになる？」

「えっと、会社入ったときが二十六で、いま二十七歳です」

「あたしのときもそうだったよ。二十六とか二十七のときがいちばん酷かったな。早く結婚して辞めてほしそうに、めっちゃ圧かけてくるんだよ」

「そうなんですよ！　あれ、セクハラで訴えられてもおかしくないですよね？」

「まあそうだけど、でも別に、訴えはしないよね。面倒だから」

「……はい」

「それに二十八くらいになったら収まるよ。二十八歳過ぎたら、社長の眼中には入らなくなるから」

「そうなんですか？」

「うん。社長的には女の賞味期限が、上限二十七とかまでなんだよね。それ超えると完全にスルーだから。そこまでいくと逆に楽」

吉澤さんは、紙パックのカフェオレを飲みながら泰然として言った。

紙パックのカフェオレは吉澤さんの定番だ。給湯室の小型冷蔵庫に、いつもストックが入っているのを春子は知っていた。きっと吉澤さんは中学生のころも高校生のころも、同じものを飲んでいたんだろう。

「なるほど。もうちょっとの辛抱かぁ」

春子は吉澤さんからのアドバイスを嚙み締めて言った。

「ほんとあたしのときも酷かったんだから。遠回しに早く結婚しろしろって、それぱっか」

「だったら紹介してほしいですよね。毎日十時間もこんな事務所にいたら、出会いなんてあるわけないですよ」

「うん。昔の会社って、上司が世話してくれたって言うよね」

「え⁉　上司が男の人を紹介してくれたってことですか？」

「そうそう。お見合い写真とか持って来てくれたんだって。うちの親もそうやって知り合ったらしい」

「えー！　うらやましい……。社長もセクハラばっかしてないで、そういう役に立つことすればいいのに」

「そんな交友関係あるわけないじゃん、あんなおっさんに。友達なんていないでしょ」

春子は吉澤さんの歯切れのいい言葉がツボにハマって、ことごとく吹き出し、「ですねですね」と合いの手を入れた。

「まあ、きっと若い女の子と入れ替えたいんだよね。あの人たち、若くて可愛い、きゃぴきゃぴした女の子に、いっぱい気ぃ遣ってもらいながら、給料十万ちょいで仕事ぜーんぶ押し付けて、自分たちはなんにもしないで威張ってるのが理想なのよ」

「そんな都合のいい夢見てるんですか？」

「そりゃそうでしょう」

「その若い子が年取ったらどうするんですか？」

「肩たたきして辞めさせて、別の若い子を補充するんでしょ」

「ハァ⁉」

「まあまあ、しょうがないよ。ほら、思い出してみてよ。小学生のときの男子たちの姿。勉強は大してできないし無駄に騒ぐし、女子にブスとか死ねとかとんでもない酷いことバンバン言うし、乱暴だし虫とか平気で殺すし、でも掃除とかはしないでしょ？　面倒なことは女子に押し付けて、自分たちは校庭でサッカーだの野球だの、いい気なもんで遊びまくって。こっちが正当な理由挙げて文句言ったら、うっせーって逃げちゃうの。足だけは速いから。ああいうクソガキがひとつも成長せずに、そのまま外見だけ劣化して、心も壊死して、どうしようもないおっさんになったんだと思えば、逆に気の毒に思えて、些細なセクハラなんて許せるようになるから」

「許せるんですかあれ⁉」

「まあまあ、そんな荒ぶらないで。あたしが言うのもなんだけど、本腰入れて結婚相手探すのもいいと思うよ。彼氏いるんだっけ？」

「いないです」

「じゃあがんばっていい人見つけなよ。そんで早く結婚して、会社辞めて、社長のことなんて忘れちゃいな」

あまりにもクールなその発言に、春子はなんだか士気が削がれる思いだった。吉澤さんと一緒に、もっともっと社長のことを思いっきり悪く言ってやりたい。そんな思いを、春子は渋々腹の中に押し込めた。吉澤さんと一緒なら、社長というラスボスを相手に革命を起こせるのでは⁉　そんな一瞬盛り上がった気持ちがしゅるしゅるとしぼんだ。

吉澤さんは春子を励ますように、「だってまだ二十七歳なんでしょ？」と言う。

そのとき春子はやっと、二十七歳という年齢が、客観的に見えた気がした。三十七歳の吉澤さんからすれば、それは未来のある若さを意味するのかもしれない。けれど春子にとっては充分に、終わっているようにしか思えなかった。

ああ、そうか、そうなのかと、春子は思う。

二十七歳。もう二十七歳か。

あのありあまる若さの日々が、大した思い出一つ残さず、もうすぐ終わろうとしているのだ。

3

単調な仕事にも飽きて狭苦しい人間関係にも倦《う》み、毎日が永遠につづく生理二日目みたいな暗澹《あんたん》とした気分で流れていた夏のある日、春子はすごいものを見た。公園から突然、数人の女子高生がわっと飛び出して、春子の乗る車のフロントガラスの前を横切って行った。

辺りはすでにとっぷり暗い。踏切の遮断機の赤だけが、人を威嚇するようにチカチカ点滅している。会社帰りの春子はハンドルを握りながら、ラジオから流れる微妙に古いＪポップに耳を傾けていた。そこへ突然、複数の女子高生たちがビュンと過《よ》ぎったのだった。いたずら好きの妖怪が跋扈しているような、小学生男子の集団が遊び回っているみたいな、楽しげな残像を春子の網膜に残して。

彼女たちはいたく楽しそうに、興奮しきった様子だった。女子高生なんてそりゃあいつも楽しそうで、平常のコンディションが興奮状態みたいなものだけど、それでもなんだか普通の様子ではないのが伝わってきた。「やってやったぞ」みたいなテンションで、顔いっぱいの笑顔にキィキィ猿みたいな雄叫《おたけ》びを上げながら、飛び跳ねるように線路の方へと消えた。

一瞬、なにが起こったのかわからなかった。

春子は幻覚でも見たように、現実感のなさに置き去りにされ、そしてにわかに血が逆流するような興奮をおぼえる。なんだかすごく楽しいことが起きていて、自分だけがそのパーティーに乗り遅れているような気がした。

春子は窓を開け、女子高生たちが出て来た公園の、入り口の方へ首を伸ばした。

そこは鬱蒼と茂る木々に囲まれた砂道の先に、アスレチック遊具やグラウンドが整備されている総合公園につながっている。人工の川が流れ、芝生も年中きれいに整えられ、日曜日には子供連れの家族でにぎわう平和な場所だ。電車が通過して遮断機が上がると、春子は車を発進させてぐるりと大回りし、通りに面した公園の駐車場へ車を入れた。ほかに停まっている車は一台もない。春子は外に出ると、車よけのポールがにょきにょきと突き出た入り口に立ち、不審げに中の様子をうかがった。

街灯があるとはいえ、夜の公園は人を寄せ付けない雰囲気だ。夏の終わりの濃い緑は暗闇の中、ぬるい風に葉擦れの音をざわざわと鳴らしている。半袖から伸びる腕に外気が触れると、そこからじわりと恐怖が伝染する気がした。

こわごわ足を進め公衆トイレの前を通り過ぎたとき、歩道の先に人が行き倒れているのが見えた。蛾や羽虫がジジジと飛び交う街灯の光に照らされ、男が死体みたいにうつ伏せになっている。

若い男だった。顔をひどく歪《ゆが》め、うめき声も聞こえる。

「あのー……」

春子は数メートル離れた場所から、思い切って声をかけてみた。

「ぅう」

「大丈夫ですか?」

「うぅぅ」

「救急車呼びましょうか?」

「……それはやめて」

男は力を振り絞ってかすれた声で言った。

「え、でも」

「マジで」

それから男は、ほんの少しだけ目を開いた。まぶたが細く開き、虹彩に光が差す。

「げ」と男は言った。

「あ」と春子も言った。

曽我氏だった。

「……安曇春子、なんでここにいんの？」

「や、別に」

「うう、いててててて」痛みにうめく曽我氏。

「病院、連れてこっか？」

「うう、いい」

「じゃあ家まで送る？」

「それもやめて」

「え、じゃあどうすればいい？」

「……お前んち連れてって」

「えー。それは無理」

「お前の家には上がんない。自分ち帰る」

「え、あの廃屋に行くってこと？」

「いいから送って。早く車乗せて……」

人を介抱するのに慣れていない春子は、肩を貸すでもなく、曽我氏がヨボヨボと立ち上がるのをただ見ていた。片方の靴が脱げていたので、転がっているスニーカーを拾い上げる。曽我氏はいまさら靴なんか履いてもしょうがない心境なのか、丈の短い、スニーカー用の靴下のまで歩き出している。曽我氏のスニーカーは、春子が手に持って歩いた。なんて重たい靴なんだろうと思った。

言われたとおり曽我氏を車に乗せ、あの家の前で降ろす。前にここへ来たときはまだ無職だったなぁと、春子は感慨深く思い出した。あれはもう、一年以上も前の出来事になるのか。時間の感覚が加速度的に早くなっている気がする。日常が冴えなさすぎて、メリハリがなさすぎて、ぼんやりしている間に年だけ取っていくのをひしひし感じる。

「マキロンとか持ってきてよ」

曽我氏はお礼なんか言う気はない様子で、ぞんざいに指示を出した。

春子は車を家の駐車場に入れると、寝ている両親を起こさないようにそうっと玄関ドアを開ける。泥棒みたいに戸棚を漁り、消毒液や赤チンや絆創膏をかき集める。曽我氏にそれを届けると、彼は不機嫌な顔で、「このこと、誰にも言わないで」と言った。

「このことってどれのこと？　空き家に不法侵入してる方？　それとも殴られてた方？」

「全部だよ！」

曽我氏は声を荒らげる。

「今日俺に会ったこと、とにかく全部、誰にも言うなよ」

そう言うと、引き戸をピシャリと閉めた。

言うって誰に？　と春子は思った。

そんなこと、言う相手なんか誰もいないのに。

家に帰ってシャワーを浴び、ベッドに横になって目を閉じても、神経が昂ってなかなか寝付けない。春子は先月買い替えたばかりのスマホに手を伸ばし、「公園」「女子高生」「暴行事件」など、思いつくキーワードを打ち込んで検索してみた。

するとも驚いたことにヒットしたのはどれも、女子高生が被害者の事件ばかりだった。八〇年代に東京足立区で女子高生が監禁暴行された挙げ句に殺され、コンクリートに詰めて遺棄された事件や、韓国で起こった女子中学生に対する集団暴行事件などが上位に並んだ。ウィキペディアに詳細に記された残虐な描写を欲望の赴くままにむさぼり読むと、胃の中身をかき混ぜられたように気持ちが悪くなった。

読み進むうちに気がつけば三十分近くも経っていた。まぶたが重くなり、眠気はもうすぐそこまで来ている。いったいなにを検索しようとしていたのか忘れていることに気づいて、キーワードを変えて検索し直すと、ようやく思い当たるページを見つけた。ヒットしたページには、こんなタイトルがつけられていた。

《少女ギャング団にボコられた奴ｗｗｗｗｗ》

下まで一気にスクロールして、春子はすべての書き込みに目を通した。そこには県内のあらゆる場所で、女子高生の集団に暴行されたと証言する男性たちが、被害時の様子を諧謔《かいぎゃく》的な言葉で書き込んでいた。みな同じグループに属した同じ言語を話す仲間同士といった、息の合った、一種の連帯感すら漂うコメントがつらつらと並ぶ。少女ギャング団という名前は、スレタイをつけた人が勝手に付けたものらしい。

その書き込みを読んでいくうちに、春子は不思議と胸が躍っているのを感じた。

最初にヒットした検索結果では、あれだけ殺されてばかりいた〝少女〟が、そこでは〝ギャング〟となり男たちをコテンパンにやっつけている。寄せられているコメントはどれも、「ドMだから女子高生に殴られたい」「オレもその公園で少女ギャング団をレイプしたい」などと冗談めかされていた。うまいこと言って相手を貶《おとし》める、ネットならではの強い言葉が並び、少女ギャング団の存在がコケにされている。自虐に徹したり誰かを叩くことで自分の優位を守ろうとする、どこか様式美化した言葉の羅列。それでもフロントガラスを横切った少女たちの残像を思い起こすだけで、春子は心が沸き立つのをたしかに感じた。

――いつの間にか眠りに落ちていたのに、真夜中にどうしてだか目が覚めてしまって、部屋の中がきらきらしているのに春子は気がついた。カーテンの向こうからサーチライトが照射され、窓辺のサンキャッチャーや全身鏡に反射している。春子は「ああ」と思う。曽我氏だ。

窓を開けるとガラス戸の桟《さん》に身を乗り出した曽我氏が、サーチライトの光をこちらに向けてぶらぶらさせていた。春子が顔を出すと、わざと春子の顔に光を直接当ててくる。眼光の奥まで突き刺すような光にうろたえ、春子は手のひらで目元を覆った。

カチカチカチ、今度はスイッチをつけたり消したりしている。

人を苛立たせる光の点滅に、なんて幼稚なアピールだと呆れながら、春子は窓を閉めた。パジャマの上に柔らかな素材の白いパーカを羽織り、そっと家から抜け出す。クロックスを履いた足で曽我氏の家に上がり込み、階段をのぼってあの部屋へ行くと、曽我氏はあれ？　なんてとぼけた顔で、春子の方を振り返った。

「え、なにしに来たの？」

曽我氏のその一言に、春子は唖然とした。

さっきまで見ていた書き込みと同じだ。曽我氏は自分が傷つかないやり方を知っているんだ。自分が傷つかないような行動や言い方を心得て、自分を守っているんだ。

「いや、あたしのこと呼んだのかと思って」

春子はバカ正直に言った。

さびしさや人恋しさ、そういうものが引力みたいになって、互いを引きつけ合うことってあるじゃない？　だからいまこうして、あんたはあたしにSOSを送ってたんでしょ？　バレバレなんですけど。恥ずかしいくらいバレバレなんですけど。こんなこと、言うまでもないでしょ？

しかし曽我氏はそれを突っぱねるばかりだ。

「別に。呼んではいないけど」

「……じゃあ帰るわ」

そう言ったものの、春子は帰るに帰れない。帰ったところで、あの泥のような退屈の中に埋没するだけだ。一人で部屋にいるより、誰かと一緒にいる方がマシ。春子はなにも言わずに近づくと、曽我氏の怪我の具合を覗き込んだ。顔の傷には砂がついたまま、すりむいた膝すら放置されている。春子はマキロンのボトルの腹をちゅーっと押し、コットンをひたひたにすると、それを曽我氏の膝にぺたりとぞんざいに貼り付けた。

「いてえ」

なにすんだと文句を言いながらも、曽我氏は無抵抗で治療されつづける。目の上を切った傷にもマキロンをちょんちょんとつけ、小さいサイズの絆創膏を貼る。砂だらけのTシャツを脱がせると、お腹と背中には蹴られた跡のようなあざがあって、春子は思わず「うわっ」と声を漏らした。

「ねえ、こういうのって、被害届出した方がいいんじゃない?」

「え?」曽我氏は苛立った声をあげた。

「ほら、交通事故でも、あとから体に異変出たりするって言うじゃん。いまは平気でもさぁ」

「ああ。……別に出さんでいい」

「でも」

「いいって」

曽我氏は春子の提案を突っぱねると、心底ウザそうな顔でそっぽを向いた。その上「うるせーわ」と、小声で付け足す。そんなことを言われると、サクッと胸を刺されたみたいになる。胸の真ん中からドロドロと血が流れ、春子はなにも言えなくなった。

沈黙沈黙沈黙――。

それを破ったのは、春子の方だった。

「まぁ……じゃあ……やりますか」

「ハ？　やるってなにをだよ」

「セックスでもやりますか」

曽我氏は虚を衝かれ、目をひん剝いて春子を見据える。その表情にはどこか賑やかしの色が浮かぶ。「うわぁ、セックスって言った！　こいつセックスって言ったぞ！」とでも言いたげな、男子中学生のようなからかいの表情だ。

「……ハァあぁぁぁぁ!?」

曽我氏は腹から声を出して語尾を嫌味っぽく伸ばす。

そのリアクションに、春子はぷつんとキレて、畳み掛けるように詰め寄った。

「え？　したくないの？　じゃあなんの用なの？　懐中電灯チカチカさせて、なんの用だったの？」

「別に用なんてないけど」

「だったらそれやめてよ。ライト、うちに向けんのやめて。せっかく寝てたのに起こさないでよ、迷惑だから」

「……ああ」

曽我氏はしゅんと、拗《す》ねたように言う。

「じゃあ、行くわ」

春子が階段を降りようとした瞬間、曽我氏が「あああああ」と声を出した。「待って」と、情けない声を絞り出して春子を引き止める。

「したい…………です」

「なにを?」

春子はわざと問い詰めるように返す。

「……セックス」

曽我氏は自信なさげなかすれ声でつぶやくと、

「あ、でもゴム持ってねえや。やべえ。こんなときに限って」

みっともなく狼狽しはじめた。

「……いいよ、なくても。うまく外で出してよ」

「え、でもゴムないとダメだろ。絶対ダメだろ。お前んちにないの？　取ってきてよゴム」

「えぇぇー……持ってないよ」

春子はげんなりして顔を歪める。

女子がゴムなくていいって言ってるのに……。

「そんなに頑なにゴムつけようとされると、逆に傷つくんですけど」

曽我氏はその言葉をまるで聞いていないのか、ｉＰｈｏｎｅをさわりはじめてしまった。

「……なにやってんの？」

「調べ物」

「なんの？」

「コンドーム　代用　とか」

「はぁ……」

春子は絶望してため息をついた。

「ほんとにないの？　お前。持ってんじゃねえの？」

「ないよ。百パーない。断言できる」

だって最後にセックスしたのは、もう四年近く昔のことだから。

「えーないの？　ダメじゃん」曽我氏はがっかりして言った。

「……うん。そうだね。……じゃあ、また今度」

「や、待って！」曽我氏はこのチャンスにすがりつくように引き止めると、「やりますか、一応」と、口をもごもごさせて、やっとのことで言った。

春子はなぜか気を遣って、変な空気にならないように、カラッと明るくふざけて返事をした。

「……ですね。やっときましょう」

前戯ともいえないぎこちない段取りを経て、どうにか挿入するところまでいったものの、十分経っても二十分経っても三十分経っても四十分経っても、誰一人フィニッシュを迎えなかった。十四年前で時間が止まった曽我氏の家の、しーんとした二階の部屋、ソファーの上できぃこきぃこといろんな体位を試しながら腰を揺するものの、ゴールはどこにも見えない。春子の性器は乾いてヒリヒリ痛み、曽我氏のペニスはちょっと萎《しな》びたり復活したりを繰り返しながら、行きつ戻りつしている。家の外を新聞配達のバイクが走り過ぎるエンジン音がはっきり聞こえ、ブゥーンと遠ざかって行くと、また辺りは静寂に包まれた。

ついに二人は諦めてペニスを膣から抜くと、ソファーの上にどっかりと座り込んで、いかんともしがたい虚無感に思わず呆けた。

「曽我氏って……もしかして童貞？」

「違う違う」

そこにはすごく自信があるように、きっぱりと言い切る曽我氏。

「じゃあなんで……イカないの？　あたしのせい？」

「や、別にユルいとかじゃないから」

「え、それは慰めてるの⁇」

春子はひたすら目をまあるくして、どこから突っ込んでいいのかわからない心境である。とりあえず曽我氏がこのセックスのことを、悪いと思っていないことは伝わってきた。

「違う違う。俺、自分のツボじゃないとイケないから」

「……それって……自分のツボってこと？」

春子はペニスを握る手つきをして言葉を補う。それを見た曽我氏はアハハとちょっと笑って、

「そうそう、まあ、そういうこと」と言った。

§

「これ、わたしの友達の話なんですけど」

と前置きして、春子は吉澤さんに一部始終を打ち明けた。

「ひとりHのしすぎだろうね」と吉澤さんは即答。

「え、そうなんですか？」春子はすがるような目で言った。

「うん、ネットで見たことある。男の人ってひとりHしすぎると、女の子の中ではイケなくなるんだって。あと、エロいアニメとか、きれいに修正された裸の写真に慣れすぎちゃうと、生身の女の人が気持ち悪いと思っちゃうんだってさ」

「ぐえぇー……。なんかそれ、やだな。え、てゆうか吉澤さんて、そんなにネット見てるんですか？」

「うん。あたしネットの人だから」

「へぇー。あ、そっか。だからＨＴＭＬとか書けるんですね」

「うん」吉澤さんは紙パックの豆乳コーヒーをちゅうっと啜り上げた。

「あ、今日はグリコじゃない」

春子が指摘すると、

「そうそう、なんかね、ちょっと甘すぎるなって思って」

「え、やっと気づいたんですか」

「ははっ」と吉澤さんは笑う。

ともあれ一度解禁されたセックスは、春子と曽我氏の距離を一気に縮め、関係をすっかり変えてしまった。たまに休みが合うと地元の微妙な観光スポットへ足を運び、ショッピングモールに行って話題の邦画を観るなどデートらしいデートもしたが、すぐに行く場所も尽きて郊外の本屋に半日入り浸るようになった。しかし知っている顔を見かけると、どちらからともなくすーっと離れて、他人のふりをする。曽我氏がそうしてほしいと思っているのを感じて、春子はいつも自分から他人のふりをした。

こういう関係が、つき合ってるというのかはすごく微妙だった。「おつき合いしましょう」と口約束を交わしたわけでもないけれど、それでも曽我氏からのメールのつれなさや返信の遅さにやきもきしてしまう自分が、春子はほんの少し腹立たしくもあった。

これって恋なのか？

本当にこれが恋なのか？

だとしたら、恋はわたしを貶める、と春子は思う。関係性の劣った方へ、負けの方へ、どんどん自分を貶め、卑しめる。セックスをしたことで曽我氏の中の自分の価値がうんと目減りしたような気がする。いや、確実にそうなのだ。そしてそう思うと、口の中をぐっと噛みたくなるくらい、嫌で嫌で仕方がなくなった。

「安曇さん彼氏できたか？」

もはや恒例になった社長からのセクハラ攻撃には、

「できました」と言い切ることにしている。

以前は我慢できないほどイラついて殺意すら湧いたけれど、相手がいると言ってスルーできるようになってしまえば、それほど腹の立つことではなくなった。「おかげさまでできました」という適当なリップ・サービスに、社長も専務もご満悦の様子である。

「やっぱりできたか、そんな気がしたんだよな」

社長のそんな何気ない一言に虫酸《むしず》が走るのは相変わらずだけど、それも彼氏がいると思えば我慢できないことはなかった。彼氏と言っても曽我氏だけど。彼氏なのかは、微妙だけれど。

§

車道の中ほどで右折のウィンカーを出し、春子はハンドルに身を乗り出すようにして、直進する車の列が途切れるのをじりじりと待つ。車に乗るようになってもう何年も経つが、彼女はいまだに右折が怖い。一か八かの賭けみたいな気持ちでハンドルを回し、逃げ去るようにキュルルとタイヤを鳴らして曲がってゆく。

「なんでいまもたついたの？」

助手席の曽我氏が、ｉＰｈｏｎｅをいじりながら言う。

「ここの道苦手なんだよ」春子はムッとしてこたえた。

外の寒さと暖房で暖められた車内の温度差のせいでフロントガラスが曇るから、赤信号で停まるたびに粗品のタオルで拭かなくてはいけない。冷えた体は暖房でもなかなか温まらず、ハンドルを握る指先は凍えている。

曽我氏を助手席に乗せて約一時間、特に会話らしい会話もないまま、車内ではケイティ・ペリーのアルバム『ティーンエイジ・ドリーム』が虚しく流れつづけ、似たり寄ったりの景色が流れ過ぎてゆく。春子の車の中は時間が止まったように、春も夏も秋も冬も、もう何年もずっと『ティーンエイジ・ドリーム』だ。青春を引き伸ばす願掛けかなにかのように、わたしたちは死ぬまで踊れる、わたしとあなたは永遠に若いと、ケイティ・ペリーにエンドレスで歌わせつづけている。

「そうだ、吉澤さん、会社辞めるんだって」

「…………」

「あれ……この話したっけ？」

「吉澤さんて誰？」

「会社の先輩」

「男？」

「女だよ」

「ふぅーん」

「吉澤さん、結婚して、ブルキナファソに引っ越すんだって」

「……ブルキナってなに？」

「国だよ、アフリカの。フランス領だったとこなんだけど」

「は⁉」曽我氏はやっと話に興味を持ったようで、感嘆の声を張り上げた。相当に度肝を抜かれた様子で、「マジで⁉　嘘でしょ⁉」と食いついてくる。

吉澤さんが外国人と結婚してアフリカへ引っ越す話は本当だった。相手の国籍はフランスだと言うと、社長も専務もペニスをへし折られたような顔で言葉を失っていた。ああいうのを、吠《ほ》え面をかくというのだと春子は思った。

実際は彼、フランス国籍といってもアフリカ系なんだけどな、と吉澤さんは言うが、

「それ、社長には絶対内緒にしましょうね」

「当たり前じゃん」

二人は申し合わせていた。

「アフリカ系の人と結婚するって言ったら、日本人に相手にされないからだってあの人たちなら絶対言うもんね。そんなの癪《しゃく》だし」

吉澤さんは人生でたった一度だけ行ったことのある海外旅行で、その人と出会ったそうだ。パリの安宿で知り合った彼と、Facebook で数年前に再会、以来ツイッターやスカイプを通して、遠距離恋愛をつづけていたという。

春子はそれを聞いて、妙に納得したのだった。

三十歳をとうに過ぎ、あんな会社で薄給のＯＬをやりつつ両親と実家暮らし。そんな負のカードしか持ち合わせていないように思えた吉澤さんだが、別にそんな状況を気に病んでいるふうでもなく、社長の嫌がらせを軽くスルーしてしまえる心の余裕の理由はそれだったのかと思った。超然として、人に「早く結婚して社長のことなんか忘れちゃいな」と言う吉澤さんを支えていたもの。彼氏が外国人という、一発大逆転カード。

曽我氏は吉澤さんの彼氏がフランス国籍のアフリカ系の人で、結婚後はアフリカで暮らすことを知ると、

「気ぃ狂っとるなあ」

渋い顔をして冷たく吐き捨てた。

ショッピングモールのシネコンには奇抜な柄のカーペットが敷かれ、シートは玉座のように快適だ。曽我氏と並んで座りながら、春子はスクリーンに映される地元企業のコマーシャルを見るともなしに眺めていた。ハウスメーカーのＣＭでは社員が住宅展示場から手を振り、結婚式場のＣＭではウエディングドレスを着た女が、アンジェラ・アキのようにピアノを弾き語りして、愛する人とともに生きてゆく幸せを高らかに歌い上げている。

曽我氏と再会して、こうしてときどきは映画を観に行くような関係になって、もうかれこれ半年になる。春子の若さがチクタクチクタク分秒ごとに目減りして、取り返しがつかなくなっていく。

結婚式場のＣＭは立て続けに三回も流れたが、となりの曽我氏は無心でポップコーンを口に投げ込みつづけ、なんにも感じていないようにしか見えない。結婚、結婚、結婚。結婚なんて

別にしたいとは思っていないはずなのに、曽我氏の結婚への関心のなさに、春子はなぜだか傷ついてしまう。

劇場の明かりが絞られ、映画の予告編がはじまる。

4

　寿退社する吉澤さんの後任はなかなか見つからなかった。応募はたくさん来てはいるが、吉澤さんのメイン業務であるホームページ管理を任せられるようなスキルのある人はほとんどいない。会社のホームページ立ち上げはすべて吉澤さんが一人でやってきたことだし、楽天への出店も吉澤さんが提案したことだった。旧式のＭａｃで作ったベースのせいでやや複雑になっているけれど、少し作り変えれば商品の更新などは誰でも簡単にできるようになると吉澤さんが言っていたのに、なぜか社長はいまのページが気に入っているからと受け入れず、吉澤さんのようにＨＴＭＬを書ける人じゃないとダメだと譲らなかった。意味がわからなかった。

　その技能がない人の採用は考えていないのなら、書類で落とせばいいものを、なぜか社長は応募者全員と面接はしてやると言い出した。その際、春子には「秘書っぽい格好で」「楚々とお茶を出し」「下座に座っている」ことを命じた。履歴書には二十代の――中には高校卒業したての十八や十九歳の、ありとあらゆる女の子の個人情報と顔写真が貼られていて、社長はそれを飽きもせずに眺めていた。春子はというと、社長が四十人近くの応募者一人一人と三十分ほどの面接を娯楽感覚でする間、通常業務は完全に滞り、連日サービス残業で穴埋めする日々だった。愚痴ろうものならいまの不況の厳しさをあげつらって、この会社がどれだけ恵まれているか長々と語られてしまう。結局、ある程度のパソコンスキルがあるのは、二十四歳の男の子一人しかいなかった。大学を出たあとさらにウェブデザインの専門学校に通い、遅くにはじめた就活でも、内定がまだ出ていなくて焦っているという。

浮ついたところのない感じのいい子で、「彼、絶対いいですよ!」と春子は推したが、「男はダメダメ」と社長は一蹴した。だったら面接しなきゃいいのにと思いながら、なんでですか?なんで男じゃダメなんですかと、春子は徒労感を滲ませながらたずねた。

「だって男には給料いっぱい払わなきゃいかんだろ」

「?　なんでですか?」

あまりの疲れで春子の口から、思わず子供みたいな質問がぽろりとこぼれ落ちた。

「なんでって安曇さん、当たり前でしょ?」

社長は煙草に火を点けながら、もごもごした声で言った。

「安曇さんが結婚したとき、その男が給料十何万とかじゃ生活していけないだろ？　男にはそれなりの給料出さなきゃいけないの。だけどうちの会社にはそんな金のかかる人間を雇える余裕はないの。男の社員なんか重荷だし、やっぱ面接しても楽しくないな。ほかに男っていた？」

「……いますね。明日二人来ます」

「あー。じゃあ、断ろ」

「え、面接明日ですよ？」

「電話一本入れれば済むだろ。もう別の人が決まったからって。ちょっとは自分の頭で考えてよ」

§

自分から曽我氏に泣きつくことなんて一度もなかったが、春子はこの日どうしてもどうしても、誰かに気持ちを吐き出したくて電話をかけた。そして何度かけても、ただいま電話に出ることができませんと機械の声に門前払いされた。メッセージを残せどコールバックはなく、メールを送っても返信のひとつもなかった。いまいちばん近いと思っていた人間に、ここぞという場面でSOSを発信しても拾ってもらえないことに、春子はまたひとつ血を流す。家にも帰りたくない。逃げ込める場所もない。友達は……と思って浮かんできたのは、なぜか結婚式の二次会で再会したきりの今井さんの顔だった。

この数年の間に心の交流をしたと思える唯一の存在が今井さんだなんて。春子は今井さんの、なんでもガハハと笑ってしまえる楽天的な様子を思い浮かべたとたん、どうしようもなく彼女が恋しくなった。けど、あのとき会ったきりだし、連絡先も知らない。そもそも今井さんに突然電話をかけて「話を聞いて!」なんて、春子にはとても言えない。春子の話なんか誰も聞かない。春子が言わないから。

春子はときおり居場所がなくなるとそうするように、夜の道を延々ドライブした。ハンドルを握ってアクセルを踏み、信号を守り、法定速度をプラス十キロ範囲内で走る。右折のときは対向車がいなくなるのをしっかり待ち、無茶な横断をしようとしているお年寄りがいれば車を停める。そうやって交通ルールを遵守《じゅんしゅ》していくうちに、気持ちの昂りはいつの間にか鎮まって、そのまま抑え込むのがいつもの対処法だった。春子はいつもそうやって、感情をぐっと抑え込む。胃がしくしく泣くような感じがする。でも抑え込む。言葉を飲み込む。

春子は道の先にコンビニの明かりを見つけるとそこへ車を入れた。だだっ広い駐車場には車が一台もおらず、春子はそこでしばし目を休める。夜中の運転は目が疲れるし、それにそろそろ眠い。春子はハンドルに突っ伏し、目をつぶって大きく深呼吸する。そして体を起こして目を開けると、まただ。フロントガラスの前を、制服姿の少女たちが、飛び跳ねて行くのが見えた。

慌てて車から飛び降りた。

「待って！」

春子は気がつくと、女子高生たちに向かって叫んでいる。

自分でもこんな行動が不思議だった。よっぽど人恋しかったのかもしれないと思いながら、春子は女子高生たちの後ろ姿を見つめ、もう一度叫んだ。

「待って!!!」

少女たちは立ち止まり、そして振り返る。

駐車場の暗闇の中に溶け込み、顔は見えないが、そのシルエットはたしかに女子高生のものだった。あまりにも記号的な、女子高生たちのシルエット。

「どこに行くの？」

春子の問いかけに、少女たちはこたえない。

「あたしも連れてってって」

春子は子供みたいな声で、遊びにまぜてと言うように、すがるように言葉を絞り出した。

六人か、七人。

無言でこちらを振り返る女子高生たちが、なぜか野武士のようにたくましく見える。

緊迫した数秒のあと、いちばん先頭を走っていた子が、ついに言葉を発した。

「ダメだよ」

それはとても大人びて、どこか完結した、揺るぎのない声だった。

「女子高生でなきゃダメ」

「――そっか。わかった」

少女たちはその返事を聞くなり、再び駆け出した。

——女子高生でなきゃダメ。

春子はその言葉に、なぜだか深く深く納得して、ぼんやりと立ちすくんでいた。

§

曽我氏との連絡がぱったり絶たれてひと月が経つ。あまりにも突然だったので、よもや不慮の事故に遭って死んだのかと思い、家にある古新聞を広げてお悔やみ欄を調べあげたりもした。もちろんそこに、曽我雄二《ゆうじ》の名前はなかった。

春子の世界は曽我氏とつき合う前の日常に、すっかり戻っている。家事を手伝い、会社に行き、社長たちのデリカシーに欠くお喋りを右から左に聞き流し、新しく入った若い女の子に仕事を教え、かつての吉澤さんのポジションに追いやられた自分とどうにか折り合いをつけている。

春子はある日、煙草を買いにコンビニへ行った。

煙草なんて吸ったことはなかったけれど、なんだか無性にそういうものを——小さな毒を——摂取してやりたくなったのだった。春子はコンビニの駐車場に車を停め、今日は同級生がシフトに入っていませんようにと、店の中をうかがった。

そのコンビニにはもう長いこと中学の同級生が働いていて、会えばなにかしらのゴシップを聞かせてくれるのだが、春子はその子に煙草を買うところを見られたくなかった。春子はそういうキャラじゃない。いまも中学時代と地続きの世界に生きている春子にとって、顔色をうかがうべき相手は両親のほかにもたくさんいるのだ。店に入り、レジの店員に「キャスターの……」と言いかけたところで、バックヤードから同級生がにょきっと顔を出した。どうやら防犯カメラに映った春子を見て、わざわざ出て来たらしい。

顔を紅潮させている様子から、新ネタを入手しているのがわかった。春子はその同級生と会うときはいつもそうするように、ゴシップにワクワクしているふりをして、「なにかいいの入ったの？」と陽気に茶化した。

「入った入った」

彼女は春子からの呼び水にこたえ、とびっきりのやつを披露してくれた。

「杉崎ひとみがね、もう不倫してんだって！」

「え？」

春子はなんだか、嫌な予感がした。そしてこういう予感は百発百中で当たるのだと、頭の片隅で冷静に思っていた。

「相手、誰だと思う？」

「……わかんない」嘘。わかってる。

「なんとね、曽我だよ、曽我！　超ウケない⁉」

曽我氏とひとみがこのところ、昼間から堂々とスタバでデートしているという目撃情報があったのだという。

「結婚してまだ一年とかじゃない？　よーやるよね。さすがひとみ。でも、曽我ってところがなんか悲しいよね。昔はスゴい先輩とかとつき合ってたのに」

「……どうやってそうなったんだろう」

春子が極力顔色を変えずに言うと、

「どーせFacebookかなんかでしょ。いま多いよね、そういうの。SNSってやつ」

「そっか」

「曽我ってさ、ずっとひとみのこと好きだったもんね」

「……そうだっけ?」

「小学生のころからバレバレだったじゃん! 憶えてない? みんなから冷やかされてたの」

「ああ。うん。げ! まだ好きだったとか?」春子はつとめてくだけて言う。

「ってことじゃない? スゴいよね〜。ま、不倫ってとこがイタいけど」

「そうだね。イタいね」

「でも曽我、平日にひとみと会うために、バイト辞めたらしいよ。けっこう長く働いてたとこ」

「え? それほんと?」

「ほんとほんと」

彼女はまた、「イタいよね〜」を繰り返した。

「絶対ひとみに捨てられるのにさぁ。暇潰しの相手じゃん完全に。みんなほんとバカだよねー。バカっていうか暇だよねー」

春子は曽我氏のことが、結局よくわからないままだった。よくわからないから、なにかあるのではと無意識のうちに深読みして、そのなにかを探し当てたいと、心のどこかで思っていたのかもしれない。曽我氏は無口だから、ときどき自分のことを話してくれると、心を開いてくれたようでうれしかった。でも、誰かとわかり合いたい、特別な絆で結ばれたい、そんなふうに思っていたのって、わたしだけだったの？

春子は曽我氏との一年半に及ぶ日々を振り返り、あれはなんだったんだろうと思った。

あの日々は、なんだったんだろう。

あの人は、誰だったんだろう。

一瞬だけ近づいて、すぐにすれ違い、もう二度と会わない。そんなつき合いをいろんな人と、何度も何度も重ねてきた気がする。最近ちょっと絡んでいる的な、単発的な関係。吉澤さんとだってそうだ。一緒に愚痴り合って、それはそれで楽しかったが、会社の外では会ったことがない。春子のまわりに築かれていた親しい人たちとのささやかな関係が、パタパタとドミノを倒すように、立て続けに消えていく。関係が消滅すると、春子はすぐに自分を見失ってしまう。自分が一体誰だったのか、どんな子だったのか、うまく思い出せなくなっていく。

§

その年の五月に、曽我氏が昔住んでいたあの家が、ついに取り壊された。更地にして月極の駐車場にするための解体工事だった。小ぶりなショベルカーがやってきて、家は丸二日で手際よく壊された。フォークを突き立ててホールのケーキをぐちゃぐちゃに食べるみたいに、家屋が無作為に崩されていくのを、春子は自分の部屋のベランダから眺めた。

瓦礫《がれき》がトラックですべて運び出されると、春子の家との境にある松の木だけがぽつんと残った。その松の木も翌日には別の業者がやって来て、チェーンソーで切り倒していった。根元のあたりをV字に切られ、枝にひっかけたロープを車でひっぱると、何十年も立派に茂っていた松の木は呆気なく倒れた。

春子はその一部始終を見ながらおんおん泣いた。曽我氏が見たら悲しむだろうと思って、おんおん泣いた。堰《せき》を切ったように涙が溢れ出る。母親が部屋のドアを開け、その様子にぎょっとして、どうしたのよと声をかけてきたが、春子は気にも留めずに泣きじゃくりつづけた。

春子は二十八歳になっている。みるみる年を取っていく。この調子じゃ、すぐに夏だ。春子はそれを嫌だなぁと思う。春子は冬が好きだ。ずっと冬だったらいいのにと思う。

ある夜、ちょっと買い忘れたものがあると言って春子は家を出た。

かつて曽我氏が働いていたドラッグストアの駐車場に車を入れ、外に出ると、キャスターの一ミリを取り出し、百円ライターで火を点ける。

吸えば吸うほど口の中が嫌な苦みで満たされ、気管支に煙がつっかえるような感じがして、酷くまずい。まずいまずいと思いながら、春子は体を痛めつけるように何本も吸いつづけた。

安曇春子は煙草の煙をふぅーっと吐くと、そのまま自分も煙になって、もやもやと景色の中に溶け込んで消えた。湯気のように、その煙はあっさり消えた。さっきまで春子がいた場所には、火種の残った煙草が転がる。

車道にはなにごともなかったように、ヘッドライトをつけた車がひっきりなしに流れていく。車の往来はせき立てられるように途切れることはない。

どこまで行ってもなにも変わらない、なにも起きない、田舎の風景。その景色の中に、安曇春子は消えた。

ここからいなくなりたいという彼女の積年の願いが、ついに叶《かな》った瞬間だった。

第3部　さびしいと何しでかすかわかんない

1　地方新聞社文化部記者・樫木あずさ

コツコツと、車のガラスを叩く音で目を覚ました。

後部座席に横たわった三橋学は、自分の身になにが起こったのかさっぱりわからないまま、同時にこれまで感じたことのない鈍い痛みが、全身を重く覆っているのに気づく。

コツコツ、コツコツ、窓をノックする音が再び聞こえる。頭上に目をやると、明け方の青白い景色の中に人影が二人。マクドナルドの店員と、もう一人は警察官だった。

「大丈夫ですかぁ〜？　ここ開けてもらってもいいですか？」

え、なに⁇　なにこの状況。まどろみの中にいた学は頭が混乱して、夢と現実の区別がつかない。

「どうしましたか〜？」

どうってこの状況、こっちが教えてほしいんですけど。

「鍵かかってないね、ちょっと開けさしてもらいますよ」

警官は車のドアを引き開け、だらりと横たわる学をのぞき見た。

「大丈夫？　立てるかな？　ちょっとこっち出て来てもらってもいいですか？」

三十歳くらいだろうか。ガタイのいい警官が、子供をなだめるような声を出している。

「顔、怪我してるね。どうした？　ケンカ？　誰にやられたの？　もしかしてなにか盗まれてるんじゃない？　財布は？　最近男の人が暴行される事件流行ってるの知ってる？　おーい、早く出て来てくんないかなぁ」

「あ、はい、すいません……」

学は体を起こそうと思うが、夜更かしした朝のように重く、言うことを聞いてくれない。もたつく学にイライラしてきたのか警官は、もう一度「早く出て来てくれる？」とせっついた。

慌てて座席の床に足をついた瞬間、学はこれが、かなりヤバい状況であることにやっと気がついた。床一面にはこれまでグラフィティで使ってきたスプレーの空き缶が散乱し、足先がふれるやカランと音が鳴る。

「ん？」警官は、学が動揺した様子に勘づき、

「あれ？　どうしました？」声色にわずかな威圧感を滲ませた。

「えっと、君は未成年かな？」

「……いえ」

「じゃあ別に煙草吸ってるのは構わないから出て来てくれる？」

ユキオのせいで車内に染み付いた煙草の匂いのことを言っているらしい。

「ん？　なんかシンナー臭くない？」

警官は煙草の匂いのさらに奥になにかを嗅ぎ取り、鼻をクンクンさせる。

「いやこれシンナーじゃなくてアレだな。塗料の匂い。車塗りなおした？」

警官のその発言に、学はさっと青ざめた。

半身起こしたところで硬直した学の体がわずかに震え、爪先が床で動く。

カラン。

「ん？」

警官は、床一面の怪しいスプレー缶に気づいて、手を伸ばした。

「え、ちょっと待てよこれ……。これあれだね、例の落書きとなんか関係あるね。出て来てもらえるかな?」

学はその瞬間、人生が終わったと思った。

交番のパイプ椅子にうなだれて座り、激しい動悸に生きた心地がしなかったのも最初だけで、さっきの警官ともう一人年嵩《としかさ》の警官が、

「暴行の被害者で落書きの犯人? なんだそれ??」

「どうすればいいんでしょうね?」

「んーどうしよっかねえ」

などとのんきに相談し合ってもう二十分が経つ。

「被害届の調書だけでも取りますか?」

「ねえ、ほんとになんか盗まれてないの? 財布は? 中身確認した?」

学は一刻も早くここから帰りたくて、「いや、大丈夫です」と嘘をつく。

「大丈夫ってなに? なにも盗られてないの?」

「……ハイ。ちょっとケンカしただけで……」

警官たちはやれやれとでも言うように、じゃあスプレーの件だけだな、と言った。

「といっても被害届とかは出されてないのか」

人が住んでいる家を避けていたおかげで、一般市民からの被害届は一件もなく、それで余計に警官たちは処理に手をこまねいているようだった。

「あのう、僕、どうなるんでしょうか？」

「ん～ちょっと待って。公共物かぁ。自治体案件になると、現状復帰の費用を負担してもらうことになるかもね」

「費用？　逮捕されるわけじゃないんですか？」

「逮捕？　それはない」

学は結局、口頭注意というやつを受けた。もう二度とやらないことを約束させられ、住所氏名年齢連絡先を押さえられただけで、スプレー缶もグラフィティの型紙も押収されず、あっさり帰されてしまった。

学はとぼとぼ歩いてマクドナルドの駐車場まで戻り、車に乗り込むと、放心状態でしばらく動けなかった。

――ユキオと、それから愛菜は、一体どうしたんだろう。

どうしていないんだろう。

警官はあの落書きを完全に単独犯だと思っていて、仲間のことは訊かれなかった。しかし学の頭の中はずっと、目を覚ましたときから姿の見えないユキオのことでいっぱいだった。

§

翌日から、不思議なことが連鎖的に起きた。

めずらしく鳴った携帯を取ると、地元の新聞社の記者を名乗る樫木《かしき》という女性が、取材させてほしいと言う。

「取材……？」

ユキオから折り返しの電話も来ないことで不安になっていた学は、わけもわからず指定された店へ行った。

午後三時、ショッピングモールの中のサンマルクカフェに現れた三橋学を見て、地方新聞社文化部記者、樫木あずさ二十八歳はニコリと上品に笑った。

「はじめまして。樫木と申します。ご足労おかけしてすみません」

名刺を差し出しながら慇懃《いんぎん》なほど礼儀正しいあいさつをされ、学は面食らいながら席につく。

樫木は、警察担当の記者から、昨晩例の落書きの犯人が任意同行されたという話を聞きつけたという。かねてからあのグラフィティに興味を持っていた樫木は、「お会いできて光栄です」と丁重に言い、学はその態度に困惑しつつも、彼女の人当たりのいい雰囲気にすでに気を許している。

「怪我してますよね、大丈夫ですか？　もしかして警察にやられたとか!?」

樫木は学の腫れた目元や切れた口角をしげしげと見て、同情した調子で言った。

「いや、これはちょっと、身内でケンカして……」

その返答に「身内って？」と、樫木は興味を示すが、学は慌てて誤魔化した。

「えっと、じゃあ、本題に……」と、樫木は仕切り直してＩＣレコーダーを回す。

ユキオと音信不通になったこともあり、誰かに不安を打ち明けたかった学は、訊かれるままにすべて話した。『イグジット・スルー・ザ・ギフトショップ』に衝撃を受けて、自分もやってみたいと思ったこと、高速道路の高架下で試作に明け暮れる日々、尋ね人の貼り紙でたまま見つけた女の顔写真から、型紙を起こしたこと。

「安曇春子のことは新聞の記事にも載ってて……」

と学が言うと、樫木あずさは顔をパァッと輝かせて、

「その記事、あたしが社会部にいたころに書いたの！　うれしい〜あれを読んでくれたなんて」

まるでアクセス数を喜ぶブロガーのように無邪気にはしゃぐ。

「実は安曇さん、あたしの高校の同級生なの」

いつの間にかタメロになっている樫木あずさは、ちょっとしんみりした調子でつづけた。

「あたしも教室に……ていうか地元に居場所ないタイプだったから、めちゃくちゃ勉強して東京の大学行ったんだけど、就職なくてこっち戻ってきたのね。安曇さん、高一のころは同じク

ラスで微妙に仲良かったんだけど、大学行ってからは完全に縁切れちゃって。社会部にいたころ、失踪者名簿に名前載ってるの見つけてほんと驚いて、なんとか記事書かせてもらったんだ。ていうかさぁ！　あのグラフィティの女の人、安曇さんだったんだね!!!」

それスゴい、なんか感動する、やっぱり全部つながってるんだね、と樫木あずさは興奮気味に言う。

「あたしが最初にあのグラフィティ見つけたのは、家の近所の駐車場の塀だったんだけど、ただの落書きじゃなくて、ちゃんとコンセプトのあるアートだってことはすぐわかったよ」

「アート？」

学は自分たちが、それをアートと思ってやっていたことを、なんだかすっかり忘れている。『イグジット・スルー・ザ・ギフトショップ』に感動してユキオと盛り上がっていた日々は、すでに遠い過去に思えた。

「うん、だってあれ完全にアートだよ。もちろんレベルは低いよ？　あ、ごめんね。でも、ほんと、レベルで言うとお話になんないんだけど、ネットでの拡散力とか見ると、なんかレベル云々《うんぬん》っていう次元じゃなくて、求心力があるのを感じるっていうか。で、少女ギャング団との絡みのこと聞きたいんだけど、あれは本当なの？」

「あれって？」

自分たちがはじめたアズミ・ハルコのグラフィティと、いまや警察も公式に警戒を呼びかけるほどの存在となった少女ギャング団。ネット上ではその二つを連動する事件であると深読みする動きが出てきていると、樫木あずさは言った。

「任意同行のとき訊かれなかった？　まだ警察はそこまで押さえてなかったのかもね。まあ、ネットの噂なんてほんとあてになんないからってのもあるけど。いまね、君のあのグラフィティは、《少女ギャング団参上》とか、少女ギャング団からのキャッツカードだとか言われてるの。知らなかった？」

「キャッツカードってなんですか？」

「えっ、そこからか〜。えっとね、キャッツカードは『キャッツ・アイ』ってアニメに出てくる予告状なんだけど、『今夜いただきに参ります』的なシンボルなの」

「へえ〜」

「とにかくネットでは、あの安曇さんのグラフィティが、なぜか少女ギャング団と絡めて語られてるのよ。それに関してはどう？」

樫木は「ここ大事なとこ」とでも言うように、ＩＣレコーダーを学の方に近づけた。

「いやいや、全然そんなことないし。少女ギャング団とか全然――」

そこで学の脳裏に、あの日の夜、自分が襲われた光景が蘇った。白くてパツパツした立派な太もも。ひるがえるプリーツスカート。紺のソックス。ローファーやスニーカー。

あれか？　あれが少女ギャング団なのか？

「ウェブって本当に伝言ゲームみたいなんだよね。ヤバいヤバい、あたしも信じちゃってた。みんなどういうわけか自信たっぷりに断言するんだもん」

樫木あずさは取材を終えると、さっそく社に戻って記事を書く。数日後にその記事は、地元新聞の文化面に掲載された。

《落書き？　それともアート？　若者たちの今》
数ヶ月前から、女性の肖像をかたどった落書きが、県内のあちこちに見られるようになった。ステンシルという技法で作られたこの落書きは、グラフィティと呼ばれるストリートアートの一種だ。これまで確認されているだけでも、同じ絵柄のものが約40個、県内各所にあるという。個人の所有する家や敷地には描かないというルールを課しているのだと、作者である男性は語る。

今年21歳になるこの男性は、先月警察から職務質問を受けた際に、自分がグラフィティの常習犯であることを認めたが、被害届などは出されていなかったことから、立件には至らなかった。

このグラフィティの女性像は、昨年6月から行方不明になっている女性、安曇春子さんをモデルにしたものだ。交番の貼り紙で安曇さん失踪事件を知ったこの男性は、安曇さんの顔を模した絵柄に、MISSING（行方不明）と文字を刻んだ。「ただの落書きじゃなくて、なんらかのメッセージを発信したかった」と男性は語る。

欧米ではストリートアートはすでに市民権を得ている。キース・ヘリングやジャン・ミッシェル・バスキアらによってジャンルが確立され、現在活動している覆面アーティスト、バンクシー氏は、社会問題を告発する作風で世界的に知られる。

ネット上では、同じく県内を騒がせていた少女ギャング団との関連が指摘されたが、男性はこれを否定する。「ただ、自分の表現欲求に突き動かされてやったことです」。男性は警察の指導を受け、現在は活動休止中。「あのグラフィティがきっかけで、女性が見つかればいいと思った。事件解決の手助けにならず、世間を騒がせることになって申し訳ない。ただ、地元でなにかやりたいと思っている人には、メッセージが届いたはずだ」としている。

経済的に疲弊し、閉塞感から抜け出せない地方都市。工場閉鎖などから求人も減り、若い人がエネルギーを持て余す状況がつづいている。街には遊び場が減り、一日スマートフォンにかじりつく若者も多い。そのせいか、スマホを使った若者による犯罪は増加傾向にある。ベルトコンベアー式に就職、結婚と人生のステップを踏めた時代と違って、現代は生きていく道を手探りで模索しなければいけない。このグラフィティにはそんな、不況の中でももがく若者たちの姿が浮き彫りになっているようだ。

その日のうちに記事の内容はツイッターで大量拡散され、数時間後には〈田舎でアートする若者の明日はどっちだ〉と、ユーザーからの反応がまとめられたページができていた。

――警察に叱られたくらいでやめるなんてアートじゃないでしょ
――完成度はそこそこ高いし、つづけるべき。もっとスタイルを確立させた作品を見てみたい
――マナー良すぎでしょｗ　やめちゃダメ。拡散しつづけなきゃ！
――警察ってこういう人を逮捕しないの？　新聞なんかに出て大丈夫なのか？
――日本にバンクシーみたいなアーティストが育たないわけだ
――落書きは犯罪です
――カスが暇つぶしでやってることをアートと呼ぶのはやめてくれ
――記者の良識を疑う。落書きは落書きじゃん
――東京にはこういうグラフィティ山ほどあるけど、先駆者のいない地方で、突然変異的に生まれたっていう背景は気になる

さらに一週間後にはアズミ・ハルコのグラフィティ画像が収集され、これまでの経緯が網羅

された新しいまとめページが出現した。そして更に翌月、サイトを見たという人物から、新聞社経由で三橋学にコンタクトが入った。ディレクターを名乗る、津川《つがわ》という男だった。

2　アートフェス２０１３総合ディレクター・津川ジロー

二〇〇五年に手がけた《やまびこ芸術祭》が、村おこし型アートイベントとして大成功を収めてからというもの、津川ジローの元には同じような依頼が恐ろしいほど舞い込むようになった。《やまびこ芸術祭》に感激しました、自分たちの街にもあんな奇跡を起こしてください等々、地域活性化に携わる全国の人から、すがるような手紙やメールが送られてくる。

彼らが訴える街の現状は、だいたいどこも一緒だった。人口減少と少子高齢化にあえぎ、郊外型の大規模ショッピングモールによる市街地の空洞化が深刻で、地場産業は衰退し若者の都市への流出に歯止めがかからない。魅力あるまちづくりを目指して日々奮闘中だが、やはりここはイベントでまちの人たちを元気にしたい、できれば観光客を呼べるようなものにしたい、という感じ。

画一化された地方の景色が、今度は似たり寄ったりな方向性のまちづくりや村おこしによって画一化されていく皮肉な展開を想像しながら、津川ジローは来る依頼来る依頼を引き受けている。《やまびこ芸術祭》のころは、それこそ街に泊まり込んで市役所の人や村の人と共に企画から練り上げたが、イベントデザインやコミュニケーションコンサルティングを総合的に行う会社を起こし、それが軌道に乗って株式会社化したいまでは、彼が現場の仕事に直接関わることはほとんどない。式典やパーティーには顔を出すが、あとは講演会と本の執筆が忙しく、ときには雑誌やテレビの取材をこなし、さらに関西の大学で都市計画とコミュニティ論の講義を受け持つなど、最近の津川はいつも新幹線に乗っている。

彼の名は、その界隈で知らない人はいないし、ツイッターのフォロワー数は三万を超え、大した内容でもないツイートがすぐさま百から二百リツイートがされるような、一端《いっぱし》の有名人でありオピニオンリーダーである。最初はメディアに取り上げられることに抵抗があったが、半年もしないうちに慣れた。『カンブリア宮殿』にも出たし、『ソロモン流』にも出た。けれど多忙を極め自分のイメージが切り売りされるような状況の中では、かつて《やまびこ芸術祭》を手がけたとき、本気でこの村を世界のアートの拠点にしてやろうと意気込んだようなあの熱い気持ちは、氷のように跡形もなくとけ、もはや津川ジローの中には欠片も残っていないのだった。

津川の会社が引き受けた仕事の中で、〈県まちづくりセンター芸術文化クリエイトシティ事業本部〉から依頼された《アートフェス2013》は、別段おもしろみのあるようなものでもなかった。最初は部下である吉田のチームに任せていたが、ネームバリューのある津川を見込んで頼んだのに、津川が顔も見せずノータッチであることに先方が不信感を抱いているようだと報告を受けて、自ら視察と称して出向くことにしたのだった。

「津川さんすいません」と謝る吉田。

「いや、こういう仕事はクライアントとの信頼関係が大事だから、オレが出て行って丸く収まるようなら、どこにでも行くよ」と、津川は鷹揚としたところを見せる。忙しすぎて心はだいぶ死んできているが、現場を見る労力をケチったりはしないのだ。

そうして出向いたその街の至るところに、女の顔のグラフィティがペイントされていることに、津川はすぐに気づいた。

「あれなに？」

「さぁ～」

と首を傾げる吉田に、今度は厳しく一喝する。街を歩き地元の新聞やタウン誌にも目をとおして、徹底的に知り尽くすことこそが最初の一歩だろ！　その手間を省いていい仕事ができると思ってるのかと、津川はめずらしく語気を荒らげた。

そもそも吉田がさっきタクシーの中で読み上げていた中間報告も気に食わなかった。先方の提案どおり、廃校やシャッター通りなどの遊休化している施設を有効活用しつつ作品を展示することによって、まちを盛り上げるという方向性だとか、作品鑑賞ツアーとしてスタンプラリー方式で街に点在させた作品を歩いて見てもらうとか、目新しい提案がそこにはなにもない。

「たとえばさぁ、さっきの女の顔のグラフィティ見ただろ？　この街にも一応グラフィティアーティストがいるってことなんだから、そういう若い奴をピックアップして、アクションペインティングでもやってもらうとか、そういう発想は出てこないの？」と、津川は渋い顔だ。

吉田がさらに報告したところによると、メイン会場には、バブル期に開催された地方博の際に建てられた、ハコモノが決定していた。

「なにそれ」

「あ、これはちょっと、口で説明するのは不可能なんで」と言う吉田。

そこにタクシーの運転手が、

「ああ、《夢ランド》ですか。あそこはねぇ、ハハ」と横から入って、説明をはじめた。が、結局よくわからない。「まあ、バブルの負の遺産ですわ」と、運転手はざっくりまとめた。

「そんなに人が来ない場所でやって大丈夫なのか?」と津川が言うと、

「プールは人気ですけどね。プールあるんですよ、夏休みは海より混んでますね、あそこのプールは」と、運転手はプールばかり強調してきた。

バブル真っ盛りの平成元年前後、地方博ブームに乗ってこの街も、大規模な博覧会を実施していたのだ。地元企業協賛のパビリオンがいくつも並び、アイドル歌手がイメージソングを歌い、家族連れが大挙して押し寄せ、半年の会期中に二百万人近くの人が訪れ、大成功を収めている。しかし会場はその後これといった使い道のないまま、市民の憩いの場という体でいまに至る。夏休み中は辛うじてウォータースライダーのあるプール目当てに、多くの人がやって来るということだった。

実際に《夢ランド》を訪れた津川は、ちょっと度肝を抜かれた。山を切り拓き、二車線分くらいのアスファルト舗装がうねうねと通った先に、鉄筋コンクリート造の無駄にデカい建物がぽつぽつと建っている、ただそれだけの場所だった。地方博の際の売りの一つだった、日本一長い滑り台は老朽化で封鎖され、展望台としての用途しかない巨大モニュメントは異様な風貌で山の頂にそびえ、こども未来館と題された用途不明の建物は大赤字を出しながらこの二十年稼働しつづけ、とうの昔に廃止された空中自転車のレーンは雨風にさらされ錆びまくって、メインステージにはタイルの割れ目からぺんぺん草が生え、各種イベントに対応した施設〈ふるさとイキイキ元気ぎゃらりー〉は肝心のイベントが行われなくなって久しいという有り様だった。一九九〇年で時間が止まった会場の、あちこちに否応なしに残るバブルの匂いに、この手のものを見慣れているはずの津川でさえ頭がくらくらした。

東京に戻った津川に、吉田が改めて出した企画の中には、いいと思えるものもちらほらあった。たとえば商店街で長年閉まりっぱなしの灰色のシャッターをキャンバスにして、グラフィティアーティストたちに思い思いに公開制作をしてもらおうというもの。それから、街のあちこちに置かれた不吉なブロンズ彫刻を、フィギュアに色づけするようにカラフルに塗ろうという子供向けワークショップ。

　しかしどんなにおもしろい発想をひねり出して提案してみても、〈県まちづくりセンター芸術文化クリエイトシティ事業本部〉の職員にことごとく却下された。彼らが商店街の商店主にかけあって、シャッターに絵を描くところまではOKをもらえても、グラフィティが理解されなくて結局承諾してもらえなかったとか、ブロンズ像に色付けするのは「芸術への冒瀆《ぼうとく》」に当たるからNGとか。駅前のショッピングビルの外壁を、パブリックアートに変身させるという計画も、権利者がわからず頓挫してしまった。すっかりやる気を失くした吉田がやけくそ気味に「県内在住の若手作家の発表の場になるように、作品を募りましょう」と言うと「いいですね、それ！」とようやく快諾されたのだった。

　結局ただの公募展に落ち着き、イベントらしいイベントがなにも企画されないまま、開催まで残り二ヶ月を切ったある日。吉田が地方新聞社のウェブ転載記事で、あの視察のときに見かけた女の顔のグラフィティの、作者が取り上げられた記事を偶然発見する。そしてその謎のグラフィティアーティストとの交渉には、津川本人が出向くことになった。

§

樫木あずさが間に入って、三人で面談する場がセッティングされた。

百貨店の中に入った、おばさんだらけのアフタヌーンティー・ティールームで、学は津川から差し出された洒落た意匠の名刺をめずらしそうにさわる。

「今年の八月に十日間、市内でアートフェスティバルが開催されるんだけど、津川さんはその総合ディレクターを任されていらっしゃるの」

樫木からの紹介が終わるなり、津川は学の目をまっすぐ見据えて言った。

「早速なんだけど、三橋くんにもぜひそのアートフェスに出品してもらいたいと思ってて、どうだろう？」ズン。

「え？」学はキツネにつままれたような顔。

「やってくれる?」ズンズン。

「……って、なにを?」

動揺する学を見かねた樫木あずさが、間に入って説明を加えた。

「えっとね、まずね、今年アートフェスが開催されるのは知ってる?」

「いや全然」

津川と樫木は苦笑し、「宣伝不足だなぁ」と笑い合う。

「じゃあ、アートフェスってどんなものかわかる?」と樫木。

「いや」学は首を振る。

「じゃあまずはそこから。えっと、アート系のイベントって、全国のいろんな場所でけっこう開催されてるんだけど、うちみたいな地方だと、やっぱり町おこし的な意味合いが強いのね。瀬戸内海の直島とか、知ってる?」

「知らない」

「知らないか。まあ、直島だけじゃなくて、全国のあちこちでやってて、基本的にはいろんなアート作品を出品してもらって展示するんだけど、資金があって運営ががんばってるところは、有名なアーティストを海外から招いて公開制作してもらったりもするのね。あとは、地元の人も参加してのイベントを企画したり。で、うちの県でもそういう動きを見て、アートフェスやろうってことになって、津川さんをお招きして準備していたんだけど、残念ながらかなり予算がなくて……」

「それ、うちのギャラが高いせいって説もあるんだけどね、ハハ」

「まあまあ、津川さんっていうビッグネームに来ていただいたことで、今回大物アーティストを招待することはちょっと難しくてですねぇ」樫木も笑いながら合いの手を入れ、「なにか別の手段で盛り上がるような出品者がいないかなぁって思ってらしたそうなの」

津川はうんうんうなずき、ぺらぺらと言葉を繰り出しはじめた。

「君がやってるあのグラフィティ、正直単なるステンシルだから、アートって言い切るにはやや無理はあるんだよな～ハハハ。でもね、あの拡散力はスゴいと思った。どんなにいい作品作ってる奴でも、志の高い真面目な奴でも、箸にも棒にもかからないのがたくさんいるんだよ。どんだけ積極的に発信してても、見事なまでに誰にもキャッチされない奴が。その筋の人間から評価はされてても売れないとか、業界内で知られてても一般認知はゼロとか。まあ狭い世界だから仕方ないんだけどさぁ。今回は地元企業の協賛はナシで、全部が税金で運営されてるんだけど、ボランティア募って手弁当みたいな状態でね。招待じゃなくてコンペだから、出品者にはお金も発生しない。アーティストとしての経歴に一行書くために送ってくる人もいる。正直かなり厳しい状況で、会場だけ押さえてあって、あとは全部作品任せっていうグダグダぶりでさぁ。目玉になる作品がなかったの。でも、せっかくこの小さな街で、ネットの世界であんだけ注目されてるグラフィティがあるんだから、オレはそれを絡めないでどうする？　って思うわけ。もちろん、グラフィティって社会問題でもあるし、風当たりはきついから、顔晒《さら》すかどうかは君に任せる。君がアーティストとしてやっていきたいのかはオレは知らないけど、でもどうかな、あのグラフィティにある求心力っていうかパワーみたいなものを、ぜひ使わせてもらいたいんだ」

津田は人を惹きつけるコツを心得た話術で、プレゼンでもしているようにぐいぐい畳みかけてきた。学は気圧されながら言葉につまり、

「えっと、で、僕はなにをすれば……？」と返すのがやっとだ。

津川は自分の話を終え、オレの仕事は終わったというようにアイスコーヒーをごくごく飲ん

でいる。妙な間が空いたので、樫木あずさがまた間に入って補足した。

「実はね、何度か津川さんとメールで打ち合わせてたんだけど、三橋くんが影響受けた『イグジット・スルー・ザ・ギフトショップ』に出て来た例のアーティスト」

「ミスター・ブレインウォッシュ？」

「そうそう、その人みたいに、全体のプロジェクトを三橋くん自身がコンダクトする感じで、テーマに沿った作品をいくつか作ってみることってできないかなぁ？　もちろん三橋くんがいきなり作品を作るっていうのは、技術面からいっても厳しいと思うんだけど、君が出したアイデアを、あとはボランティアの美大生チームに形にしてもらうっていうこともできるそうなの」

「へえ……」

手のひらに汗がじわりと滲む。なんだこのお膳立てされた状況は。嘘だろ？

「もしこれからもアーティストとしてやっていく気があるなら、すごいチャンスだと思うしね」と津川が付け加える。

いいや、そんな気持ちは全然なかった。ただ『イグジット・スルー・ザ・ギフトショップ』にシビレただけ。あんなふうに街を跋扈したかっただけ。遊びたかっただけ。ユキオと、遊んでいたかっただけ。

けれど学は、この数分の間に、実は自分の方がすごい奴のような気がしてきた。

本当にスゴかったのって、富樫くんじゃなくて、もしかしてオレ？

見た目や言動が派手な奴の方が注目されがちだけど、実はその裏で地味にやってる奴の方が才能あるって、そういうパターンか？　こんなふうにスカウトみたいなことされるのも、運が向いてる証拠？

警察に見つかったときの地獄から一気に世界は反転して、ここは天国だ。

それよりなにより、自分を見捨てたユキオを見返すチャンスが降って湧いたように思えた。

学は汗をかいた手のひらを、ぐっと握り締めた。

3　キルロイ再び、参上

ねえねえ、アズハルのグラフィティの画像を待ち受けにすると、願い事が叶うんだって
アズハルってなに？

知らないの？

アズハルのグラフィティ見たことない？

だから誰それ？

アズミ・ハルコ
誰⁇

ヤバいあんた超遅れてるよぉ〜

独自文化の創造神、女子高生たちの間でそんな都市伝説が流布《るふ》されているのを、木南愛菜は

イオンモールのフードコートで耳にした。愛菜はそのことを誰かに――というか、ほかの誰でもなくユキオに――伝えたくて仕方ない。が、LINEのメッセージは既読の表示のまま返されることはなく、電話も拒否られつづけていた。自分は本当に、完全にユキオに切られてしまったんだ。

「それ、あんたがLINEで釣った女子高生たちがやったんだからね!!! アンタのせいだから!!!」

学が突然殴られたあの日、なにも知らずにユキオが駐車場に現れると、愛菜は駆け寄って思いきりなじった。

「ハァ!? つか、お前なんでいんだよ」

ユキオは腹から声を出し、恫喝しながら問い詰めた。

「そんなのどうだっていいじゃん! とにかくそれ、あんたがLINEで」

「だからなんでそんなことお前が知ってんの!? 人の携帯見たのかよ!? 怖っ! キメぇ!! お前ほんとに最低だな! もう来んなよ。どっか行けよ!!!」

その言葉に、愛菜は強い強いショックを受ける。

地面に横たわって気を失っている学を挟んで、しばし痴話喧嘩がつづいたところで、愛菜が「学くん病院に連れてかなきゃ」と言い、ユキオが「いや、それより逃げよう」と言った。病院まで連れて行くのが面倒だし、事情を訊かれてもなんてこたえればいいのかわからない。あまりにもキャパオーバーな状況にユキオの選択肢は逃げの一手しかなく、愛菜に手伝わせて後部座席に学を乗せると、「じゃあここで解散な」と冷たく言い放った。

「え、これで学くん、どうなっちゃうの……?」

「さあ。目ぇ覚ましたら運転して帰るんじゃね?」

「……そっかぁ」

ユキオを団地まで送り届けた愛菜は、自宅に戻る途中で再びマクドナルドを通りかかったとき、警察が学の車を覗き込んでいる瞬間を目撃した。慌てて車を停め、様子をうかがいながらユキオに電話を入れた。警察の登場によって想定外にヤバい状況になったことを受けて、ユキオは「しばらく連絡取り合うのもよそう」と言った。「学は切ろう」と。「オレらも距離置こう」と。その宣言以来、ユキオは愛菜からの連絡も一切返さなくなった。まあ元々、愛菜からの連絡なんて、七割くらい無視されていたけど。

もうおしまいだった。完全にもうおしまい。こんなふうに仲良くしていたコミュニティが消滅することはままあったから、愛菜は平気。愛菜は平気。愛菜は平気と、自分に言い聞かせる。愛菜は大丈夫。愛菜は大丈夫。また次のコミュニティが見つかるまでの間は落ちるけど、そのパターンにも慣れてきてるし。

最初の一週間がいちばんキツかった。足元グラグラで立ってらんない感じで、孤独すぎて毎日泣いてたし、病院で薬ももらった。一ヶ月目くらいのとき、LINEで新しい人と知り合って、けっこういい感じのやり取りがつづいてるからちょっとだけ浮上。もうすぐ夏だから遊び相手がゼロってわけじゃなくなってほっとしてる。けど、ほんとはユキオが良かったな。ユキオと学くんに挟まれて、また一緒にグラフィティ撒きに夜の道を車でぶっ飛ばしたいな。あんな青春ぽい瞬間ないよ。あんな楽しい気持ちを味わわせたあとで「解散」なんて、ユキオはほんとドSだ。

ああ、思い出したら辛くて死にそうになる。でも明日はイオンのフードコートでLINEで知り合った人とはじめて会うんだった。

「げ、アイナって木南かよ」

その日イオンのフードコートに現れたのは、中学のときの嫌いな同級生だった。小太りで態度がデカく、高校からはラップをやっていると風のうわさで聞いていたが、今日の服装もモロそんな感じ。カッコ良くもないくせに音楽やるなんて、愛菜は犯罪だと思っている。

「うわ、マジ最悪なんですけど」

これまでときめきながらメッセージを送り合っていた相手がコイツだったなんて、愛菜の心は水をやり忘れた真夏のひまわりのようにものすごい勢いで萎れていく。

「じゃあ俺もう行くわ」

うなだれながら去って行くラッパーは、「そーだ」と振り返り、愛菜にポストカードサイズのフライヤーを渡した。

「俺がやってるイベント。暇だったら遊びに来てよ。誰か可愛い子連れて」

愛菜は「またイベントか」とうんざりしながらフライヤーをもらう。なんだかこの街の若い人はみんな、イベントばっかりやってる気がする。

「あ、そういえば新聞見た？」

「新聞？」

「ユキオと三橋って奴が載ってたやつ」

「え⁇」

まさかその名前がこいつの口から出るとは思わなかった。

「え、ユキオがどしたの？」

愛菜は、二人が警察に捕まったんだと思った。きっと学がユキオのことを警察にバラして、二人とも逮捕されたんだ――。

しかしラッパーの口から出た言葉は意外なものだった。

「まさかアートに行くとはな〜。なんかちょっとヤラれた！　って感じじゃね」

「なにそれ、どゆこと⁉　いつの新聞⁇」

「いつだっけ、写真撮ってあるから見るか？」

「見る見るっ!!!」

《アートフェスに県内から新鋭参加　グラフィティで町を彩る》

来月10日から開催されるアートフェス２０１３に、新たな参加者が現れた。三橋学さんと富樫ユキオさんは、県内在住の21歳だ。三橋さんは、友人の富樫さんとアートユニット「キルロイ」を結成し、作品を制作中。三橋さんの代表作でもある、ステンシルという技法で作ったグラフィティ「アズミ・ハルコは行方不明」シリーズを中心に、新作を発表する。

「アズミ・ハルコは行方不明」のグラフィティは、無断で県内およそ40ヶ所に描かれ、警察から厳重注意処分が下された問題作。

「元々は失踪した安曇春子さんを探そうという思いから出発している。アートフェスという大きな舞台で、今度こそ社会的に意義のあるアート活動になれば」と二人は意気込みを語る。

ネットを中心に高い人気を誇る「アズミ・ハルコは行方不明」シリーズに注目するのは、今回のアートフェスで総合ディレクターを務める津川ジロー氏。「地方活性化の起爆剤になるような力強い作品になると信じている」と太鼓判だ。

「……なんじゃこりゃ」

アズミ・ハルコの顔がペイントされた巨大な旗を持ってニッコリ笑うユキオと学の姿に、愛菜も思わずなんじゃこりゃである。

「な。津川ジローに注目されるとか、あいつらどーなってんの？」

「津川ジローってナニ？」

「えーなんつったらいいの？　なんかいろんなことやってる……」

「ハイパーメディア的な？」

「お前バカにすんなよ！　つーか三橋学って誰？　俺全然憶えてないんだけど」

愛菜はラッパーの言葉なんか耳に入らず、自分一人だけが裏切られた思いで頭がいっぱいになった。

学は切ろうって言ったじゃん。

距離置こうって、解散だってあたしに言ったじゃん。

なに二人してまたつるんでんの？

あたしだけ仲間ハズレなわけ⁇

愛菜の頭の中に、あの最悪の言葉が蘇る。

あいつはすぐヤラせてくれるから、一発お願いすれば？

「おーいお前、人の話聞いてる？」

ラッパーはぶんぶんと愛菜の肩を揺するが、愛菜は虚ろな目のまま、なにをされても無反応だった。

§

ユキオとの再会は、学にとっても想定外だった。

ユキオの提案したアート（と呼んでいいのかダメなのか微妙な代物）を具現化すべく集められた、地元の美大生や美術部の高校生に交じって、なぜかそこにユキオがいた。ユキオはすっかり日に焼けて、少し大人びて見えた。着ているもののせいかもしれない。美大生たちはカラフルなつなぎを、高校生はジャージを着ている中、ユキオは鳶服《とび》のようないかつい格好だった。

二ヶ月ぶりに顔を合わせた二人は、最初こそ気まずい空気を醸して一定距離を置いていたけれど、自販機のベンチで鉢合わせしたときに、ぎこちなく言葉を交わした。

「元気だった？」とユキオ。

「おかげさまで」と学。

二人とも目は合わさず、ガラス窓の外を眺めている。直射日光が芝生をちりちり焼き、アスファルトの放熱で、地面がくらくらと揺らめいて見える。

「怒ってんの？」

「いや別に。なんか逆に、最近調子いいし」

「ああ、ハハ。良さそうだな、調子」

「おかげさまで」

「つーかさぁ、つーかなんでこうなった⁇　お前、なんかいきなりスターじゃね？」

「別にそんなんじゃないよ。津川さんが手配して、環境整えてくれただけだし」

「だからなんでそうなった？」

「まあ、あのとき車内に放置されて、警察に捕まったおかげかな」

「げ、そゆこと言うか？」

「言うよ」学のユキオに対する態度は、二ヶ月前とはすっかり変わって形勢逆転。

「ああ……悪かったな」ユキオは床にしゃがんで、煙草をいじりながらついに詫びを言った。

学はまだ気が収まらず、語気を強めてつづける。

「あのとき、いきなり女子高生の集団に殴られたんだけど、あれも富樫くんが関係してるんだよね？」

「あー、ハイハイ。うん。オレの代わりに殴られた系でしょ？」

「そうだね」

「出会い系でハメられるなんてな、悪かったよ。なーもぉ機嫌直せよ」

「ていうか、そっちこそなにやってんの？　なにその格好」

ユキオは空白の二ヶ月のことを語りはじめた。大学中退後ひたすら遊びまくっていたが、ついに母親にキレられたこと。建築関係の仕事がしたいというユキオの望みを叶えるべく母親が奔走し、知り合いのツテでなんとか見つけてきたのが、内装業の仕事だった。

「で、その内装会社が請け負ってきた仕事がこのアートフェスの会場作りで、オレも派遣されて来たってわけ」

「ふーん」

学はそっぽを向き、しきりにコーラを飲んだ。

ユキオは床であぐらをかき、煙草を指先で弄《もてあそ》ぶ。

「なあ、また一緒にやろうぜ？　な？」

「…………」学は無表情でまたコーラをごくり。

「キルロイ復活。な？」

「…………」コーラの成分表示を眺め、

「キルロイ復活だな」

「…………」学はこくんと小さくうなずいた。

「だな!?」

「……わかった」

二人は樫木あずさにすべてを話した。

「内輪モメがあったのか。わかったわかった。ちょっと津川さんにも連絡して聞いてみるわ」

津川からの返事は思いのほか前向きなものだった。一人よりもチームの方が勢いが出るし、なにより添付した写真のユキオのルックスが気に入られた。ビジュアル的に学一人よりも、ユキオが加わった方が派手さがあって、アートユニットに相応《ふさわ》しいトガッた雰囲気が出る。警察の手前ユキオの加入時期だけがズラされることになったが、津川の推薦コメントのおかげで紙面にスペースも確保でき、ついにチーム名《キルロイ》としての宣伝が、正式にされることになった。

「いろいろあったけど、なんか全部、結果的にいい方向に行ってるよね」

樫木あずさは紙面に満足気な様子で言った。

「仲違《なかたが》いしてたこともプラスに働いてるし」

「ま、結果オーライってことで！」ユキオはしゃあしゃあと言う。

ユキオがリーダー然としていてくれた方が、学もリラックスできた。結局どう転んでも、自分の思うように物事を運んでしまうユキオの才に、学はもう無抵抗だ。

そしてその時点でもちろん、ユキオも学も、愛菜のことなんか完全に忘れていた。

§

《芸術で町を元気に　アートフェス２０１３開幕》

山の中を歩くと、巨大なカエルの立体作品がお出迎え。「地元にお帰りなさい」の意味を込めて作りましたと語るのは、県内在住の造形作家、橘あやめさん。いよいよ開幕を迎える第１回アートフェスのテーマは、「人、動物、みんなを元気にするアート」だ。

アートフェス２０１３の開会式には、総合ディレクターを務める津川ジロー氏も姿を見せ、大勢の人で賑わった。メイン会場のほか、商店街ではシャッターに地元幼稚園の子供たちが壁画を描くワークショップも開催されるなど、県内各所でイベントが開催される。

「このフェスをきっかけに、もっとアートに気軽に触れてほしい」と津川さん。昨日のレセプションパーティーでは、出揃った92作品すべてが「今を感じさせる作品、若い人のエネルギーを感じるラインナップになった」と手応えを語った。

津川さんも期待を寄せているアートユニット「キルロイ」の作品も発表される。フェスの期間は10日間。熱い夏になりそうだ。

オープニングレセプションには県のお偉いさんに交じって、津川ジローや開会式MCを務める地元出身の女性タレントのほか、出品者である若手作家や、作家本人に招かれた家族や友人知人などが大勢詰めかけた。その賑わった華やかな様子は地元メディアによって撮影され、テレビニュースや翌日の朝刊などに掲載された。

そして翌日からはほとんど誰も来なくなった。

津川も東京に帰った。樫木あずさも取材を終えた。作業を進めてくれた美大生も高校生も、役目を果たして姿を見せなくなった。がらんとした展示室には絵や彫刻が展示され、ピロティには流木をアレンジして動物に見立てた大型の造形物が、芝生の上にはきのこを模した彫刻がぽつぽつと置かれている。会場の至るところに《キルロイ》がアズミ・ハルコのグラフィティをペイントしていたが、会期が終われば洗い落とせるように、水性の顔料を用いてあった。美大生らとともに作っていた新作は、結局予算の都合で二点に絞られた。一つはアズミ・ハルコのステンシル型をシルクスクリーン印刷した巨大な旗、もう一つは同じ型をベニヤで立体にした作品。光の具合によって地面にアズミ・ハルコの顔が投影される仕掛けだ。角度にもこだわって作った、高さ幅ともに十メートルの大作だった。

それにしても、ユキオも学も客入りの悪さには驚いた。会場のハコモノから舗道を一キロほど下った場所にあるプールは家族連れで大盛況だが、アートフェスの方まで足を伸ばす客は誰もいなかった。山の麓《ふもと》の駐車場に車を停め、巨大な園内は原則徒歩移動だ。灼熱のアスファルトを一キロも歩いてわざわざ来るなんて、よほどの物好きか義理のある身内しかいない。そして時折ふらりとやって来るのは例外なくおばさんで、ぺちゃくちゃと作品を独自解釈して歩いていくのがまた癪に障った。

学は自販機の横のベンチに座り、ユキオからもらった煙草を吸ってたそがれた。

『イグジット・スルー・ザ・ギフトショップ』では、ミスター・ブレインウォッシュの展覧会は大成功だった。凡人にしか見えなかった中年オヤジが突如として天才アーティストとなり、押し寄せたヒップな観客たちはみな興奮気味に**awesome**《サイコー》!!! を連呼、まさに新たなスター誕生の瞬間……そんな展開を夢想していた学は、奈落に頭から突き落とされた気分だった。

「ちょ、言っていい？」

となりにやって来たユキオが、缶コーヒーのプルトップを開けながら、満を持して大声で言った。

「思ってたのと全然違《ち》げえ!!!」

夏の夕暮れの山に、なにごともなかったかのようにその声は虚しく吸収される。

「全っ然違げえよ!!!」

学もヤケクソになって叫ぶが、虚しさが増しただけだった。

一年前は楽しかったのにな——。

『イグジット・スルー・ザ・ギフトショップ』に二人同時に夢中になったあの夜の、得も言われぬ喜び、スプレー缶を手にしたときの興奮、はじめてグラフィティを完成させた瞬間の高揚。

「オレ、明日から内装の現場入ったから、もう来れねえわ」、とユキオが言った。

学は慣れない煙草にむせながら、

「僕も、なんか仕事探さないと」と言う。

「就職？」

ユキオのその言葉に、学はこたえなかった。

遊びの時間は終了だ。

二人はもう、なにを話したらいいのかもわからない。

閉館時間の五時になって『蛍の光』が流れてもさんさんと太陽の光が降り注ぎ、これで終わりなんて気がまるでしない。それでも終わりだった。学はユキオと会うのがこれで最後なんだと思い、事実そのとおりになった。

4　目覚めよ愛菜

真夜中にアートフェス会場に忍び込むのは驚くほど簡単だった。駐車場も、鎖が渡されるわけでもなく「入ってください」と言わんばかりの無用心ぶり。ここに来るのはもちろんはじめてだ。ヘッドライトをハイビームに変え、徐行運転で辺りを見回しながら、駐車場の先へと車を走らせる。

山の中にアスファルトの広い道がくねくねと通され、屋根付きステージやモニュメントが建っているのは、自然を破壊する人間の傲慢さを醜く物語っているようで、いかにも異様だった。そうやって無理やり造られた建造物の周りに、カエルだの馬だの鹿だのタヌキだのきのこだの、珍妙なオブジェが転がりカオスそのもの。自然の掴みどころがない広大さと、要塞《ようさい》みたいに堅牢な建物。霊廟《れいびょう》のようにしんとした気配が漂い、恐怖心を否応なしに煽《あお》る。平常心だったら、とても車から降りて歩いてみようとは思えない場所だった。

しかし木南愛菜は平常心ではなかった。

舗装路に車を停めると、ちゃちなサンダルを履いた愛菜は道へ降り立つ。ミニスカートはずり上がってお尻が見えそうに短い。重ね着したタンクトップの下から、ブラ紐がずり落ちている。金髪の根元は真っ黒い地毛が伸び、泣き腫らした目は赤く、ぐずぐずと鼻を啜り上げている。大好きだったユキオに裏切られ、仲間はずれにされた愛菜は、落ちまくって、完璧に鬱で、当てこすりに自殺してやろうとここまでやって来た。コンビニで買い込んだ缶ビールやワインボトルの入ったレジ袋を提げ、足を引きずるようにして歩く。

昼間の熱を残したアスファルトはまだもわっとしているが、だだっ広い芝生からは青臭い清冽な匂いがして、愛菜は思わずサンダルを脱ぎ捨てて裸足になった。気の赴くままにわっと駆け出し、でんぐり返しをしたり側転をしたり、ひとしきりその広さを味わうと、今度は芝生の真ん中に、倒れるように座り込む。ここで酒盛りして、病院でもらって溜め込んでおいた眠剤をがぶ飲みして死のう。ユキオがあたしを殺したんだ、ユキオのせいでこうなったんだってことが、世界中に知れ渡りますように。

愛菜はワインをラッパ飲みしているうちに、だんだんいい気分になって、会場中をうろつきはじめた。

「なんだこのカエル」

愛菜は段ボール製のカエルのオブジェを叩き、「このっ、このっ」と続けざまに蹴りを入れた。

建物の中を覗き込む。自動販売機とベンチが置かれ、その奥の扉から先が、ギャラリーになっているらしい。ドアノブを回してみるが、鍵がかかっていて開かない。

「ちっ！」

愛菜は舌打ちして、広場を見渡す。

芝生広場の中央にある掲揚台に、白い旗が掛かっているのが見えた。

風がなくだらりと垂れているから国旗にも見えるが、日の丸ではない。新聞に載っていた、ユキオたちが作ったアズミ・ハルコのフラッグだ――。

愛菜はワインをごくんと一飲みし、空になったボトルをポイと投げ捨てた。ビンが割れる音も気にせず、千鳥足で旗の掲揚台へ駆け寄る。

ただの白い旗にしか見えないが、風が吹くと中央に刷られた柄が見えた。また例の、アズミ・ハルコのステンシル型だった。

あいつら……、バカの一つ覚えみたいに同じ型使い回しやがって——。

愛菜は掲揚台の下に解説文があるのに気がついた。白い紙がラミネート加工され、花のネームプレートのように芝生に突き立てられている。愛菜はしゃがみ込み、月光を頼りにその文字を読みはじめた。


〈Flag_Missing Girls〉

キルロイのテーマであり反復&拡散しつづけている「アズミ・ハルコは行方不明」シリーズより。10~20代の行方不明女性の写真でモンタージュした旗は、翻《ひるがえ》るたびに彼女たちの帰還への祈りとなる。


なんだか的を射ないゆるふわなお気取り文章にイラつきながら、愛菜は旗を見上げた。目を凝らすとただの黒い線だと思っていた部分が、たしかにいろんな女の顔写真で構成されているのが見える。空は深い群青色で、見たこともないほど星が光っていた。

そのとき夜風が吹き、巨大フラッグがひらりとはためいた。

群青色の空を、真っ白い旗が泳ぐ。そして描かれたアズミ・ハルコの顔が、愛菜の視界いっぱいにぶわぁっと広がった。

見慣れたはずのその顔はどこかさびしげで、なぜだかそのとき、愛菜の深い深い場所を刺激したのだった。彼女の目はとても穏やかで、なにかを諦めたように静かで、そしてほんの少し笑っているようにも見えた。心の奥底のしんとした場所に、じわじわとその人が入り込んでくるような、不思議な感覚。信心深い人が仏像やお釈迦様や、はたまたキリストやマリア様の像を見るときって、こんな気分なのかな、と愛菜は思った。会ったことも話したこともないアズミ・ハルコその人と、愛菜はその瞬間、なぜか言葉を交わしたような気がした。

どうしてこんなところにいるの？
死ににに来た。
なんで死ぬの？
全部ユキオのせい。

ユキオ？　ああ、あいつ。
そう、あいつ。
あんな男どうでもいいじゃん。
どうでもよくないの。傷つけられた仕返しをしなきゃ。
仕返しなんて、しなくてもいいよ。
なんで？　やられたらやり返せ、でしょ？
そんなのバカな男が言うことだよ。
は？　なに言ってんの？
女の子に必要なのはね、もっと別の言葉。
は？
女の子にはね、もっと別の言葉が必要なの。
たとえば？
優雅な生活が最高の復讐である。
なにそれ。

スペインのことわざ。
あたし日本人だし。
優雅な生活が最高の復讐である。
だからなにそれ？
あなたが幸せに暮らすことが、ユキオへの最高の復讐になるってこと。
死ぬことじゃなくて？
死ぬことじゃなくて。
でも死にたい。
なんでみんな、すぐ死にたいとか言うの？
だって、死ねばみんな、あたしのこと愛してくれるじゃん。
そうかな？
そうだよ。死ねばユキオ、あたしのこと愛してくれるでしょ？
忘れるだけだよ。
えぇー……。

ほんとほんと。むしろ早く忘れようとするね。
お墓参りにも来てくんないのかなぁ。
来るわけないじゃん、あんな男。
え〜。
来ない来ない。
嘘だ。お線香の代わりに煙草を立てたりするもん。
なにその昭和のヤンキーみたいな発想。
あ、バカにされた。
ていうかさぁ、あんた男になに期待してるの？
愛してくれること。
バッカじゃないの。
それからねぇ……承認欲求満たしてくれること。
あのぅー。ユキオがそんなことしてくれるって、本気で思ってないよね？
別にいいじゃん。ダメなの？

♪だいたい実は男なんて　あまったれで情けなくて
は？
♪だいたいいつも男なんて　自分勝手で頭にくる
なにそれ？
久宝留理子『男』より
誰だよ！　知らねえし！

愛菜が再び目を開けたとき、空からは星が消え、さっぱりと真夏の快晴が広がっていた。入道雲がむくむくと空を彩り、非人道的な直射日光がギラギラと辺り一面に照射している。愛菜の額に、頭皮に、じっとりと汗が滲んでいる。そして眼前には、アズミ・ハルコのグラフィティの代わりに、アズミ・ハルコとよく似た感じの女の人が、心配そうにこちらを覗き込んでいた。

「あ、起きた。ねえ！　起きたよ！」

彼女は遠くにいる誰かに声をかける。

「マジで？　生きてた⁉　あー良かった！」

もう一人がこちらに駆け寄ってくると、なぜか愛菜の名前を連呼しはじめた。

「あ～愛菜、ほんと良かったよ。マジであんた、なにこんなとこで倒れてんの？　熱中症で死ぬから！」

「え？」

意識が朦朧としている愛菜には、この状況がまるで摑めない。

誰だっけこの声。この酒ヤケした、しゃがれ声……。

「い……い……今井さん？」

今井さんはくるりと振り向くと、デニムのショートパンツから伸びるきれいな脚で愛菜の方へひょいと駆け寄った。

「愛菜ぁーおーい。大丈夫か⁇」

今井さんはあっけらかんとした声をかけると、もう一人の女の人にミネラルウォーターのペットボトルを手渡す。女の人は愛菜の体をゆっくり起こすと、赤ちゃんにミルクをあげるように水を飲ませてくれた。嚥下《えんげ》が思いのほか辛くて、水が口元から溢れ、愛菜の首をつーっと伝った。

「ねえ、タオルない？」女の人が言う。

「瑠樹《ルージュ》のタオルハンカチならある」と、今井さんはバッグの中をごそごそあさる。

「それ瑠樹のだよ！」

バタバタ走ってきた小さな女の子が、タオルハンカチをぴーっと引っ張った。

「あ、こら、瑠樹！」

瑠樹はそのままタオルハンカチを松明《たいまつ》のように掲げて、ひらひらひらひら芝生の上を走り回った。

愛菜は二日酔いでずっしり重い頭をどうにか働かせ、状況を飲み込むと、

「今井さん!!!」

と叫んで、ハグを求める駄々っ子のように手を広げた。今井さんは「おう、よしよし」と、半笑いで愛菜を抱きとめる。

「どした？　愛菜。あんたどしたの？　大丈夫？」

今井さんの言葉に愛菜はぐずぐずになった。

しばらくの間愛菜は泣きじゃくったが、後半は喜びの涙だった。

今井さん――。

伝説の先輩、今井さん――。

今井さんにまた会えるなんて、愛菜は超幸せだよ！

§

「えっ⁉　この人が安曇春子なんすか⁉」

メイン会場の中の自販機前ベンチで涼みながら、愛菜はあまりのことに衝撃を受ける。

「えっ⁉　えっ⁉　マジで？　それマジで⁇」

昔勤めていたキャバクラの先輩今井さんが、例の野球選手と離婚してシングルマザーになっていたことも衝撃だったけれど、それよりなにより安曇春子がここに実在していることに、天地がひっくり返るくらい愛菜は驚いた。

「なんか、芸能人が突然現れた感あるっていうか……」

「芸能人って」

安曇春子は少し気まずそうに照れ笑いしつつ、カルピスソーダをごくりと飲んだ。

「春子とはね、中学の同級生なの。友達の結婚式で再会してね」

「へぇ……」

「あたしもいろいろあって実家出たかったんだけど、一人で瑠樹の世話すんのはほんと無理だから、どうしようかなーって思ってたとき、春子と偶然会って」

「ドラッグストアの駐車場でね」

「そうそう。ドラッグストアの駐車場で、春子に会って、そこでめっちゃ話し込んで、なんかもうそのまま勢いで、三人で暮らしてこうぜっ！　てことになって、車ぶっ飛ばして逃げたんだよね」

今井さんと安曇春子は、大人の余裕といった態度でおおらかに笑ってみせた。

「え、でも、失踪してるって……」

愛菜が口を挟むと、安曇春子は「あたし親にはちゃんと連絡入れたよ？」と、弁解するように言った。

あの日今井さんが、ドラッグストアの駐車場で呆然と佇んでいる春子を見つけたとき、彼女はほとんどあっちの世界に片足を突っ込んでいるような状態だった。虚ろな目と、心にロックがかかったような固い無表情。生気を失い体は透けるように存在感がなく、風が吹けばそのままどこかにさらわれていってしまいそうなヤバい状態だった。

今井さんはそんなふうに透明になって、いまにも消えかけている女の子たちを何人も見てきた。たいていは男に酷い目に遭わされて――今井さんの周りにいる女の子たちは例外なく恋愛体質で、男の人にすべてを委ねすぎるきらいがあったから――自殺未遂は日常茶飯事だったし、心療内科送りになるケースも跡を絶たなかった。

若い女の子たちのメンタルは異常に脆弱で、ちょっとのことでポキンと折れてしまう。そしてその傷を別の男の人に癒してもらおうと彷徨《ほうこう》するのだ。漠然とした幸せを求めて男の腕に全力で飛び込み、期待を見事に裏切られて撃沈していくパターン化した女の子たちの習性。そんなとき男気を発揮して、ボロボロになった子のケアをするのは、いつも今井さんの役目だった。

「あたしだって男は好きだよ？　でもね、思ったんだけど、男って、あたしらが思ってるようなものではないんだよ」

そう言って女の子たちを抱きとめていた今井さん自身も、同じように男にすべてを委ねて結婚し、縁もゆかりもない土地に身を移した。愚鈍な日常生活の中で知らず知らず摩耗し、子供一人を抱えて頼れる人もおらずボロボロになり、このままだと頭がおかしくなると実家に逃げ帰ってきている。

「どうにか生活立て直して働けるようになったんだけど、やっぱりいい年して実家ってキツいからね。お金貯めてアパート借りて出ていこうって思ってたとき、ちょうど春子と会ったんだ」

あの駐車場で、今井さんが駆け寄ってきたのを見て春子は咆哮《ほうこう》した。言葉を持たない者が気持ちをめちゃくちゃに吐き出すように、それまで押し殺してきた感情が流れ出た瞬間だった。

「春子って、怒りを外に出せない性分じゃん。だからどんどん自滅してっちゃうんだよね」

今井さんに抱きとめられた春子は、背中をさすられながら、吠えるように泣いた。そして落ち着きを取り戻すと、自分の車なんかほっぽり出して、今井さんの車に乗ってそこから脱出したのだった。

放置された春子の車を後日警察が発見したが、それと前後してこっそり取りに戻っている。いつの間にか消えた春子の車は、盗難に遭ったものとして処理されていた。

「あたし電話でちゃんと親に連絡したもん。今井さんと一緒に住むことにしたからって。心配しないでって」

「春子の親、失踪届取り下げてないってこと？」

「わかんない。まあどっちにしてもほら、あの落書きはもういっぱい出回ってたし……」

今井さんの祖母のものだった空き家に身を寄せ、いまはそこで三人、家族のように暮らしていた。今井さんは近所のスーパーとスナックに勤め、春子は家事と瑠樹の世話を一手に引き受け、仲良く平和にやっているという。

「え、今井さんの旦那は？」

「知らないよ。離婚してからは連絡も寄越さないし、もう完全に他人。でもね、別の男をつかまえてそっちに逃げ込むのは死んでも嫌だったから、春子と会えてほんとラッキーだった」

二人は瑠樹を連れてこの日、プールに来たのだという。アズミ・ハルコのグラフィティがアートフェスに出品されていることは新聞で知っていたから、ついでにどんなもんかと見に来たら、芝生の上で大の字になって転がっている木南愛菜を発見した。

「マジでビビッた！」

今井さんは例の、ガハハハと豪快な笑い声を轟かせる。

「あたしは自分の顔がアートになってるのにビビッたけど」と春子も笑っている。

ガラス窓の外には、ステンシル型をベニヤ板で立体にした作品が、日差しを浴びていた。太陽光を浴びたベニヤ板は、地面に大きなアズミ・ハルコの影を映し出す。

「あ、あの影見て！　すげえ!!!」

今井さんが立ち上がり、ガラス窓にかぶりついてその光景に見入った。

春子も立ち上がり、ちょっと複雑そうな顔で、すごいね、アートじゃん、とつぶやく。あたしアートにされてんじゃん。

「あれ、あたしの友達が作ったんです」と、木南愛菜は告白した。

「えっ、そうなの⁉」

「あのグラフィティ撒くの、手伝ったりして」

「へーそんなことやってたんだ」と今井さん。

「スイマセン……」

愛菜が謝ると、え、別に謝んなくてよくない？　と今井さんが言った。

春子は愛菜に、「楽しかった？」と訊いた。

「え？」

「グラフィティやるの、楽しかった？」

「……ハイ。スゴく」

「じゃあ良かった」

春子は穏やかな目で――昨日の夜に見た、あの旗と同じ目で――「楽しかったなら、良かった」と言った。

「ところでさぁ、愛菜もウチ来る？」

今井さんは突然、思いつきでそんな提案をする。

「え⁉」

「愛菜も一緒に住んじゃえば？」

「そうだよ！」春子は強引に愛菜の手を取りギュッと握った。

「来てよ！　二人でも瑠樹の面倒見ながら生活すんの大変だもん」

「ほんとだよね。手一杯だよ。たまに春子キレるし」

「今井さんもキレてるし！　二人でも余裕全然ないからね。本当に大変！」

「だから愛菜も、居場所ないならおいでよ！　そんで手伝って！」

「手伝ってっていうか、力貸してほしい」春子は真剣に訴えた。

「ほんとだよね。こんなとこで酒飲んでる暇あるなら、うち来て瑠樹寝かしつけたりしてほしい」と今井さん。

「え、いいんですか？」

愛菜は、二人が思いつきで言ったような軽い提案に、神様が役割を与えてくれたような救済を感じた。

「愛菜でいいんですか？　愛菜も交ぜてくれるんですか？」

愛菜はこれまで、そんなふうに誰かに言われたことなんて一度もなかった。

あなたが必要なの。

あなたに来てほしいの。

愛菜の目のふちに、じわりと涙が滲む。

春子も今井さんも、そして瑠樹も、全員で愛菜をぎゅっと抱きしめ、

「来てよ〜。一緒にがんばろうよ〜」

芝生の上で女四人、なんだか盛り上がっちゃって、涙が止まらない。

「なんだこれ？　なにこの展開!?」

今井さんがげらげら笑いながら、愛菜の背中をバシバシ叩いた。


運転席に乗り込んだ今井さんはサングラスをすちゃっと装着し、助手席の春子はクーラーの羽根の向きをさわりながら「風強すぎない？」と気づかう。そしてチャイルドシートに乗った瑠樹の横で愛菜は、後ろを振り返り、リアウィンドウから例の、アズミ・ハルコの旗が、山裾から吹き上げた強風にばさばさとはためくのを見つめた。

朝の光の中で見るその旗は――アズミ・ハルコの表情は、昨日の夜とは打って変わって、全然さびしそうじゃなかった。それどころかむしろ、キリッとして力強い、ちょっと生意気そうな顔に見えた。嫌なことを言われたらうるせーって言い返せる、タフな女の子に見えた。エンジンをかけると車はなだらかな坂を下り出し、旗はどんどん遠くなって、やがて視界から消えた。

愛菜はあの旗に使われていた行方不明の女の子たちが、実はムカつく現実から逃げただけで、誰に殺されたわけでもなく、変質者に監禁されているわけでもなく、みんなどこかで元気に楽しく、へらへら笑いながら生きていることを祈った。

祈り、そして確信する。

そうでなくちゃ。絶対にそうでなくちゃ。

だってそうでなきゃ、悲しすぎるでしょ？

さびれた商店街にあるミニシアターに、女子高生がひとり、またひとりと入って行く。ある者はグループで、またある者は単独で、女子高生たちはみるみる増え、客席をいっぱいにする。女子高生が大勢いるとそこは、かしましくって華やかで、普段は客もまばらな劇場が、息を吹き返したように活気に溢れた。

休み時間の教室みたいな騒がしさの中、ブザーが鳴り、映画がはじまる。

タイトルは『スプリング・ブレイカーズ』。

そのフィルムは全国を巡回して、ようやくこの街にもやって来たのだ。

その映画にはヴァネッサ・ハジェンズやセレーナ・ゴメスたちが、ほとんど全編ビキニ姿で出演している。春休みを遊び倒そうとフロリダにやって来た女子大生四人組が、なぜか最終的に銃を持ってマフィアを殺しまくる、イケイケアゲアゲエロエロビーチムービーだ。

客席の女子高生たちは映画がはじまっても黙ったりしない。

お菓子を食べて甘味料のたっぷり入ったジュースを飲みながら、気の向くままに私語を飛ばすし、変なところで声をあげて笑ったりする。音楽に合わせて座りながら体を揺らし、ブリトニー・スピアーズのバラードが流れたときはみんな神妙な顔になって、涙をはらはら流す者もいた。

普段はマニアックな映画ファンか中高年しか寄り付かないこの映画館に、『スプリング・ブレイカーズ』が上映されるとの情報は、ＬＩＮＥのグループメールで一瞬のうちに広まった。この映画館を街なかに作った〈県まちづくりセンター芸術文化クリエイトシティ事業本部〉もビックリの、まさかの満員御礼である。

ＬＩＮＥのグループメールによって無限に増殖するネットワークをつかって、彼女たちは自然発生的に、ある遊びを発明していた。

少女ギャング団。

彼女たちはお互いの顔も知らないうちに、そんな名前で総称されるようになっている。

ＬＩＮＥで交信し、出会い系のふりをして誰かが男の人を釣ったら、待ち合わせの時間と場所を仲間内で拡散し、襲撃して、男の財布から現金を抜いて山分けする悪の盗賊だ。お互いの本名も知らないような薄いつながりだが、映画がはじまるとみんな、生まれたときからの親友みたいな不思議な一体感に包まれた。

同じころ、映画館の外では集合をかけられた大勢の警察官が、一斉検挙の段取りを確認し合っていた。すべての入り口に警察官を配備し、少女ギャング団事件に関わった疑いのある女子高生全員を補導して、署まで連行する手はずになっている。映画館のキャパシティは一八〇席。立ち見を入れると劇場内には約二〇〇人の女子高生がいることになる。

二〇〇人の女子高生！

警察官たちは、その様子を考えただけでブルーになる。

彼らは全員男性だった。鍛えた体を制服でいかつく包み、警棒や無線機や手錠や回転式拳銃を装備している。それだけ武装していてもなお、彼らは女子高生なんてわけのわからない生き物が、この世でいちばん苦手なのだった。

「女子高生は撃っちゃダメだぞぉ〜」

指揮にあたっている上司が、冗談交じりに檄《げき》を飛ばす。

警察官たちはハハハと笑い、でも女子高生がギャーギャーわめいたりしたら、それこそ拳銃で撃ってやりたいのにな、と思っていた。

映画館の中ではラストシーンに向かって物語が疾走し、女子高生たちは手に汗握りながらキャーキャー言っている。覆面をかぶったヒロインたちの勇姿に、女子高生たちはいまにも踊り出さんばかりに興奮して、エンドロールになるとついに席を立ち、なぜか全員でハイタッチし合った。

Yeah～!!!

彼女たちのイェーイは、劇場をぐわんぐわん揺らす。

ギャルっぽい女子高生も大人しそうな女子高生も、みんなイェーイを連呼し、カラオケボックスで盛り上がるときみたいに暴れ回る。座席の上に立ち、エンドロールの音楽に合わせてくねくねと踊る。

女子高生たちはおもむろに人指し指を突き出してピストルの形を作ると、お互いを撃ち合って遊びはじめた。

バキューン！　ドゥキューン！　バンバン！

ズキューン！　バキューン！　ディキシディキシ！

エンドロールが終わって劇場が明るくなると、女子高生たちはお菓子の空き袋を散乱させたまま、わっと外に流れ出す。

バキューン！

ズキューン！

全員で撃ち合いごっこをしながら、エレベーターや階段を使って降り、建物の外に勢いよく飛び出した。

警察官たちはその活きのいい登場に、ぎょっとしてひるむ。

「しょ、少女ギャング団だな⁉」

指揮官が拡声器を通して声をあげた。

「いまから一斉検挙に入る。抵抗せずに警察官の指示に従うこと！」

指揮官がそう宣言すると、警察官たちは女子高生にじりじりと近寄りはじめた。

そのときだ。

「バキューン！」

ひとりの女子高生が指ピストルで、近づいてきた警察官を撃った。

え？

撃たれた警察官はわけがわからず、「うっ……」とわざとらしい声を出して腹を押さえると、その場に倒れ込んだ。

なんで⁉

もしかしたらその警察官は、息子と拳銃ごっこで遊ぶとき、いつもそうやって倒れる真似をしていたから、かもしれない。それとも女子高生たちの指ピストルの威力が本物だったから、なのかもしれない。いずれにしてもその一撃に気をよくした女子高生たちは、

「バキューン！」

「ズキューン！」

自分の指で作ったピストルを武器に応戦をはじめた。

取り押さえようとする警官に向かって、女子高生は「バキューン！」、すると警官は「うっ」と声を漏らし、バタッと地面に倒れ込む。

彼女は銃口をふぅーと吹いてこう一言、

「ヤバイ！　あたしいまなら、誰だって殺せそうな気がする!!!」

バキューン！

ズキューン！

二〇〇人の女子高生たちが、さびれた商店街に跋扈する！

彼女たちは屈強な警察官に向かって次々発砲、そしてバタバタと倒れ込んだ男たちの姿を眺め、「ウォォォ」と雄叫びを上げると、めちゃくちゃ楽しげに跳びはねるように、一斉に走り去った。

彼女たちがいなくなった商店街は、またいつものように静まり返る。

そうして少女ギャング団事件は以来、ぴたりと止《や》んだ。

この作品は書き下ろしです。

JASRAC 出 1314938-301

参考
『明治 大正 昭和 不良少女伝——莫連女と少女ギャング団』
平山亜佐子（河出書房新社）
『ami』詩・平岡あみ　絵・宇野亜喜良（ビリケン出版）
「Tonight The Streets Are Ours」Richard Hawley

山内マリコ
1980年富山県生まれ。大阪芸術大学映像学科卒業後、
京都でのライター生活を経て上京。
2008年「女による女のためのR-18文学賞」読者賞を受賞。
12年8月『ここは退屈迎えに来て』（幻冬舎）でデビュー。

アズミ・ハルコは行方不明

２０１３年12月20日　第１刷発行

著　者　山内マリコ

発行者　見城徹
発行所　株式会社　幻冬舎
〒１５１-００５１　東京都渋谷区千駄ヶ谷４-９-７
電話　０３(５４１１)６２１１(編集)
　　　０３(５４１１)６２２２(営業)
振替　００１２０-８-７６７６４３

印刷・製本所　図書印刷株式会社

ブックデザイン　原条令子デザイン室

装　画　Pierre Mornet/Marlena Agency

検印廃止

Printed in Japan
ISBN978-4-344-02510-3　C0093
幻冬舎ホームページアドレス　http://www.gentosha.co.jp/

この本に関するご意見・ご感想をメールでお寄せいただく場合は、
comment@gentosha.co.jp まで。

to my friend AMO ♡ thank you BANI